Schall und Rauch - die zweite Anthologie der Textdiebe

Schall und Rauch
die zweite Anthologie
der Textdiebe

Geschichten und Gedichte 20
junger Autoren, gesammelt im
Netz, versammelt bei den Textdieben

sascha straube dankt:

Nina für ALLES, Nico für VIELES, meinen Eltern für die Unterstützung, Antje für vier gemeinsame Jahre, Tim, Kathrin, Fussy, Julia TW, Gerhard und den anderen Textdieben dafür, dass sie so coole Hunde sind. Und natürlich all denen, die ich vergessen habe.

vajk zelles dankt:

Ursula für ihr Dasein und für Kritik und Küsse, Frigga und Laszlo für das Ermöglichen und Ertragen meiner Eskapaden, der Auge-Crew (außer D.) für die gemeinsame Weltflucht, Sandra und Micha für ihre Hartnäckigkeit, Ramses für die Gespräche, meinem Auto fürs Nichtauseinanderfallenwollen.

patrick renner dankt:

Shana für alle unpassenden Dienstagabende, Gries für ästhetische Ratschläge, Felix für angeregte Strukturdiskussionen, Herrn und Frau Renner für die monatlichen Zuwendungen, Rasmus Lerdorf für seine Eingebung und Herrn Egersn für aufmerksames Mitlesen.

axel müller dankt:

Annette für alles, Vajk für die Vorlage und den Textdieben nur dafür, dass es sie gibt.

die teXtdiebe danken:

René, Fussy, Ramses I und II und allen, die an uns glauben!!

Textdiebe Verlag München 2002

„schall und rauch - die zweite anthologie der textdiebe"

Alle Rechte vorbehalten

Redaktion, Lektorat: Sascha Straube, Vajk Zelles, Patrick Renner, Axel Müller

Photo & Artwork: René Neumann

Herstellung: Books on Demand GmbH

ISBN: 3-935376-02-2

Schall & Rauch

„Schall & Rauch" ist die zweite Anthologie der Textdiebe und gleichzeitig die erste, die thematisch festgelegt ist. Die Geschichte hinter dem Titel ist einfach und von geradezu seherischer Dimension:

Nachdem die Textdiebe nächtelang vergeblich ihre Köpfe und die angrenzende Literaturgeschichte durchforstet hatten nach adäquaten Themen für ihre zweite Anthologie junger Autoren, erschien ihnen der alte Herr Goethe persönlich im Traum und erwähnte ganz beiläufig, dass er zwar kein Thema wisse, der Name aber Schall und Rauch sei. Am nächsten Morgen wurde ihnen bewusst, dass der Meister bereits einem anderen - fiktiven - Charakter diese Worte eingeflüstert hatte. Doch das tat der Sache keinen Abbruch. Die jungen Literaturmacher fügten sich in den Rat des Ältesten und schrieben die vorliegende Anthologie aus. (So zumindest steht es geschrieben)

So weitgefasst das Thema, so vielfältig sind die Anknüpfungspunkte. Das Leben, die Liebe, der Pop, die Fiktion, der Wahn, der Tod und vieles mehr: Sie alle sind Schall und Rauch.

Wir wünschen viel Spaß beim Lesen.

Die Farbenlehre

oder: wie organisiert man Literatur?

Das Anliegen der Textdiebe ist es, auf ihrer Website *www.textdiebe.de* Texte junger und angehender Autoren zu sammeln, zu filtern und immer wieder in Anthologien zu veröffentlichen. Deshalb war es nötig, Kriterien zu finden, die es erlauben, jenseits der Gattungen Texte einzuteilen. Und da *www.textdiebe.de* eine Seite für Autoren ist, schien es sinnvoll, alle weiteren Einordnungen den Autoren selbst zu überlassen. Diese entscheiden, in welcher Gesellschaft sich ihr Text befinden soll, und das anhand einer Farbenlehre, die die Textdiebe eigens zu diesem Zweck entwickelt haben.

In der Textdiebe-Farbenlehre werden Farben intuitiv Eigenschaften zugeordnet, Gefühlen, Eindrücken, von denen die Textdiebe denken, dass sie die Farbe treffend repräsentieren. Beraten wurden sie dabei von einem Synästhetiker, für den es höchst verwunderlich war, dass es sowas nicht schon lange gibt...

Dieses Buch ist in Farben eingeteilt. Die in Farb-Kapiteln stehenden Texte sind Variationen der Farbe. denn dadurch, dass ein Text auch zwei Farben zugeordnet sein kann, ist er nicht nur „rot oder orange", sondern auch eine Variation von Beidem.

mehr über die Farbenlehre unter *www.textdiebe.de/farbenlehre*

Die Autoren

Dieses Buch beinhaltet Geschichten und Gedichte von 20 jungen und angehenden Autoren und Autorinnen zum Thema „Schall und Rauch". Wenn Sie mehr über die Autoren erfahren wollen, wenn Sie mit ihm in Kontakt treten wollen, wenn Sie seine Texte lesen, diskutieren oder weiterempfehlen wollen, folgen Sie einfach der Internet-Adresse, die über dem jeweiligen Text angezeigt wird.
Das alles und noch viel mehr unter *www.textdiebe.de*

Die Textdiebe

Die Textdiebe sind vier münchner Studenten, die sich zusammengeschlossen haben, um jungen, angehenden und unbekannten Autoren eine Plattform für ihre Kreativität zu bieten.
Wir geben Autoren Raum: Im Netz, auf dem Papier und in den Köpfen der Leser. Mehr über uns in der Textdiebe-Home-Zone unter *www.textdiebe.de*.

Die Textdiebe wollen zeigen, dass Literatur ein modernes Gesicht haben kann, ohne an Qualität zu verlieren.

>> inhalt

[textdiebe farbenlehre] variationen von

:rot

rot wie wut rot wie blut
rot wie pulsieren rot wie leben rot wie sex rot wie lust
rot wie liebe rot wie rosen
rot wie feuer
rot wie kuss rot wie lippen
rot ist süffig rot ist wein
rot ist scharf
rot ist die gauloises danach rot wie ferrari
rot wie sonnenuntergang
rot wie rausch
rot wie kirsche
rot wie paradiesapfel

david hoehn: www.textdiebe.de/autoren/hoehn

Ich weiß wer Adorno war <<
>> von David Höhn

Setz Dich, meint der Alte an der Bar zu ihm und er setzt sich, legt vorher seinen Rucksack umständlich ab, und bestellt dann ein Pils, es gibt kein Pils, dann ein Helles.

Hallo, sagt der Alte, hallo, antwortet er, spielt mit den versifften Bierdeckeln, holt Zigaretten aus dem Rucksack, der Alte will keine, er raucht allein.

Du bist ein guter Mensch, sagt der Alte zu ihm, er grinst, fragt: wieso? Der Alte: Das höre ich an deinem Timbre, lacht dann, trinkt den Ouzo aus, oder Anis, oder was auch immer er bestellt hat, gestikuliert zur Bar.

Ich bin auf der Suche nach einem Sinn, sagt der, der raucht, und der Alte lacht wieder: sind wir alle, und dann: Rudolfo! Er streckt die Hand hin. Ich bin Mark, sagt er, schüttelt die Hand und denkt sich: der lebt nicht mehr lange oder: wieso führe ich dieses Gespräch oder: gar nichts, wobei er sich fragt, ob das geht: gar nichts denken. Du bist ein guter Mensch, Mark, erklärt der Alte, du bist ein guter Mensch, und dabei leert er das nächste Glas. Es ist warm in der Kneipe und Mark drückt seine Zigarette aus und denkt: ich fühle mich hier wohl und: vielleicht werde ich nicht so alt wie dieser Typ neben mir und: die Bedienung trägt einen Tanga-String unter dem kurzen Rock. Nein, sagt Mark, versucht den Alten zu widerlegen, das ist nicht so einfach, Gut-Sein, was heißt das und wie will man das so schnell erkennen? Der Alte winkt ab: Metaphysik ist Humbug, das ist ganz klar, und: du denkst zu viel, Mark, dagegen kannst Du aber nichts machen, und lacht los, der Alte verschluckt sich fast am dritten Südlandschnaps.

So lustig ist das doch nicht, sagt Mark und trinkt jetzt auch Schnaps, der Alte schmeißt noch eine Runde. Mark glaubt nicht, daß der Alte wirklich Rudolfo heißt, aber er weiß nicht warum, Mark sagt: Es ist wichtig nachzudenken, zu reflektieren, heutzutage tun das doch viel zu wenige, eigentlich kaum jemand, und denkt: stimmt das eigentlich? und denkt: ständig denken heißt fliehen – das hat Magda gesagt – und sagt: wer soll denn etwas verändern, wenn keiner mehr nachdenkt, wenn niemand mehr kritisch ist. Jetzt lacht der Alte laut, verschluckt sich, Mark klopft seinen Rücken, fest, viel fester könnte er gar nicht zuschlagen, er fühlt sich plötzlich schwach, während er da den alten Rücken klopft, und fragt sich: Könnte ich den noch nicht einmal zerbrechen? Und denkt: Ob der Alte meinen Rücken zerbrechen könnte? Und: Wie leicht der zarte Bedienungsrücken brechen würde.

Ho Ho Ho Tschi –Minh, schmettert der Alte plötzlich los, er schlägt im Takt auf den Tresen. Mark ist das peinlich, er schaut zur Bedienung, die lächelt und spült Gläser.

Wir sind Zwillinge, sagt Rudolfo, er muss noch etwas husten, wiederholt sich deshalb: wir sind Zwillinge. Schenk´ mir eine Leber, Mark, ein Herz und ein Paar Nieren, schenk´ mir ein paar junge Weiber, und ich schenk dir ein paar alte Ideen, - er kippt ein Glas - , nein, Mark, eigentlich, die Ideen, die kriegst du umsonst, und die Niere, die bestell´ ich in Afrika, Zuluniere, jetzt fällt der Alte fast vom Stuhl, hält sich den Bauch und lacht.

Zynisch, ruft Mark, du bist alt, deswegen zynisch, du bist verhärmt! Er denkt sich: das Wort wollte er schon immer mal sagen und: was genau ist das: Verhärmt?

Der Alte redet auf Mark ein, will ihm etwas zeigen. Rudolfo ist aufgeregt, gestikuliert, ist schwer betrunken. Mark denkt sich: diese Schnäpse des Südens und: wieso müssen die im Süden überhaupt Alkohol herstellen, bei dem Klima und: ich wäre jetzt gerne so alt und betrunken. Rudolfo legt Geld auf die Theke, es ist ein ganzer Batzen, er packt Mark am Arm, nimmt ihm die Zigarette aus dem Mund, drückt sie aus. Wir gehen, sagt der Alte und Mark denkt: ich möchte nicht weg von hier. Die Bedienung lächelt, der Raum ist kleiner geworden, gemütlich.

Sie gehen durch die Tür, die sich viel leichter aufdrücken lässt als vorher. Der Alte führt Mark durch ein dunkles Treppenhaus in eine Wohnung, es ist seine eigene. Mark sieht sich um, da hängen Plakate, die schon angegilbt sind, irgendwelche Veranstaltungen. Und Fotos: das muss der Alte sein, mit anderen Leuten. Mark denkt sich: Die kommen mir bekannt vor.

Da auf dem Sofa sitzen zwei Frauen, ist die eine nicht die Bedienung von vorhin, Mark ist sich fast sicher.

Der Alte sagt zu den Mädchen: das ist Mark; zu Mark: Sabia ist meine, Tamara deine; dann ist er mit der einen weg. Mark ist hier mit Tamara, du bist doch die aus der Kneipe, fragt Mark, sie: psssst und nimmt seine Hand. Ich mag dich, sagt Tamara, ihre Augen sind geschminkt und Mark fragt sich ob die Augen vorhin schöner waren, ungeschminkt, und denkt sich: waren sie nicht.

Er würde gerne Rudolfo fragen, was hier los ist, was das soll, was hier passiert, aber Rudolfo antwortet nicht, er ist gar nicht mehr im Raum. Was ist, fragt Tamara, sie hat nicht sehr viel Kleidung am Körper, Mark spürt den Alkohol jetzt, sie fallen auf's Sofa. Wo ist Rudolfo, fragt Mark, wer bist du, wer sind die Leute auf dem Foto. Rudi Dutschke, sagt Tamara, so ein Studentenführer, sie ist jetzt auf ihm und er in ihr, sie finden einen Rhythmus, Tamara hält sich an seinen Haaren fest. Ich weiß wer Rudi Dutschke war, keucht Mark – da drüben hängt Adorno, ein Philosoph, schreit Tamara und dann bäumt sie sich auf, fängt an um sich zu schlagen, lässt Mark los und fällt auf den Boden. Ich weiß auch wer Adorno war, flüstert Mark erschöpft, und dann: hast du dich verletzt? Alles okay, Tamara lächelt, Rudolfo ist noch drüben, ich geh´ jetzt baden... Du wohnst hier, fragt Mark. Sabia auch, Rudolfo verlangt keine Miete, hat ja diesen Hang zum Sozialen, meint Tamara. Wir sind Kommunistinnen und helfen ihm dabei, die Revolution endlich umzusetzen.

Geh´ schon mal in die Kneipe, Junge! tönt Rudolfo aus dem Nebenzimmer.

Mark zieht sich wieder an, er denkt sich: was ist mit mir los, ich hab´ zuviel getrunken.

Es.... es war schön, sagt Mark zu Tamara, irgendwie klingt das bescheuert, findet er.

Tamara zieht sich ihren Rock an, sie nickt mit dem Kopf, sie sagt nichts.

Machst du so was öfters, platzt es aus Mark heraus. Er steht schon in der Tür, dreht sich noch mal zu ihr um.

Ich mag Dich, sagt Tamara, du bis echt nett. Rudolfo hat dich gut ausgesucht.

Ausgesucht? Mark will sie fragen, was das soll, aber Tamara ist schon weg, auf die Toilette.

Mark trinkt schon den zweiten Fusel, als Rudolfo die Kneipe betritt, zur Bar wankt, bei Tamaras Kollegin bestellt. Türkische Folklore füllt den Raum aus Dutzenden von winzigen Lautsprechern. Mark denkt: seine Vergangenheit ist mir egal, sein Verhalten ist falsch und: er behandelt sie wie Eigentum, auch wenn er verbittert ist, dazu hat er kein Recht.

Sie wohnen schon fast ein Jahr bei mir, sagt der Alte, halten mich gesund. Sie wollen, dass ich mit ihnen die Revolution herbeiführe, sagt Rudolfo, sein Lachen klingt müde. Sie wollen die Revolution der Revolution willen, so wurde es mal ausgedrückt. Wieso besorgen sie sich nicht irgendeinen anständigen Job oder einen Mann. Sie wollen das Eigentum abschaffen und das Kapital. Wollten wir alle. Der Alte ist jetzt im Lallfluss. Aber ich wurde dann doch Bauingenieur. Brücken bauen. Große, kleine, viele stabile, ein paar schlechte. Sie werden es nie verstehen. Bauingenieur. Und vorher habe ich mit ein paar Leuten gesoffen, war viel unterwegs.

Man darf Menschen nicht ausbeuten, unterbricht ihn Mark.

Der Alte blickt ihn an, lächelt, seine Stimme wird ruhiger: Da hast Du recht mein Sohn. Das höre ich von meinen Mädels jeden Tag. Aber sie meinen damit nicht mich.

Mark will etwas sagen, irgend etwas mit Vergötterung, Abhängigkeit, der Erotik der Macht.

Mark sagt nichts. Weil das pathetisch klingen muss. Und weil -

Hi, sagt Tamara, sie ist schon wieder hinter der Theke. Mark lächelt zum Boden. Du bist süß, Mark, sagt Tamara. Zieh´ doch bei uns ein. Das ist kein Stress. Mehr wie eine Familie...

Mark denkt: das ist verrückt und: ich bin so betrunken, ich muss gehen.

Ich denk´ mal drüber nach, sagt er, kramt in seiner Jacke, er ist zu betrunken seinen Geldbeutel zu finden. Der Alte zahlt für Mark.

Schön dich getroffen zu haben, Rudolfo, sagt Mark. Er meint es im Moment gar nicht so, er ist müde, verwirrt, er will nach Hause und die U-Bahn fährt auch nicht mehr.

Wir sehen uns Junge, sagt der Alte und nimmt lächelnd die Hand der Bedienung.

Mark überlegt fieberhaft, wie sie heißt, gerade hat er es

noch gewusst und jetzt ist es ihm entfallen. Ciao Mark, sagt die Bedienung, sie ist ihm zuvorgekommen und Mark sagt Ciao und ist weg.

Auf der Straße sind kaum mehr Leute unterwegs. Mark stellt fest, dass er im Moment keine Lust zum Nachdenken hat. Er fragt sich ob das geht, sein Gehirn einen Sekundenbruchteil überlisten, zumindest den Bruchteil einer Sekunde bei vollem Bewusstsein einfach genau das zu machen, was er jetzt machen will, genau nichts zu machen, nichts zu denken.

Noch zwei Blocks laufen, dann geht es bestimmt.

Der Weg nach Hause ist manchmal viel zu kurz, denkt sich Mark - und dann plötzlich: nichts.

jens petersen: www.textdiebe.de/autoren/petersen

La Marocaine <<
>> von Jens Petersen

Ich lernte einmal eine Marokkanerin kennen, die ihre Haare kurz trug und bei den Docks von Buenos Aires in einer Anwaltskanzlei mit weiß getünchter Fassade am Empfang arbeitete. Nach wenigen Minuten schob sie ihre Hand in meinen Hosenschlitz und vergewaltigte mich fast.

Ich ritualisierte meinen Tagesablauf. Im Hellen das Unwichtige, bei Einruch der Dunkelheit klingelte die Marokkanerin an meiner Tür, nach Sonnenaufgang das gemeinsame Frühstück.
Zuvor hatte ich mich wochenlang mit Maria getroffen, die irgendwann zu fragen begann, ob ihre Brüste in Ordnung seien, wie es meinen Eltern ginge, ob sie auch alles richtig mache. Einmal schwieg ich, da fragte Maria: „Woran denkst Du?" Am nächsten Tag war Schluß.

Die Marokkanerin wollte es praktisch überall, auf dem Dach eines Einkaufszentrums in San Isidro, auf der Feuertreppe eines abgetakelten Tango-Schuppens, sogar in der russischorthodoxen Kathedrale mit den blauen Zipfeldächern an diesem Park, wie heißt er noch gleich.

Ich hatte mir einen Vulkan geangelt.

Ich machte irgendwie weiter, verbrachte meine Tage in der Bibliothek, ging lange spazieren, rief längst vergessene Freunde an und nahm an ihrem Leben teil. Ich hörte ihnen zu und nickte, gab Ratschläge und ließ sie zufrieden zurück. In meiner Wohnung konnte ich mich nicht mehr konzentrieren, ich putzte und sah fern, sortierte meine Platten, kritzelte pimpernde Eichhörnchen auf die weißen Ränder der Tageszeitung und sehnte mich nach dem Kreischen der Türklingel. Dann war sie da. Wir rannten durch Parks, bewarfen uns mit Laub, zogen uns an den Ohren und grölten Schweinereien hinein. Schulkinder kreuzten unseren Weg, sie wurden auf der Stelle verdorben. Nachts gipfelte unsere Liebe in gellenden Schreien, einmal riefen die Nachbarn die Polizei.

Franziska, die mir helfen wollte. Angelika, die promovierte Philologin. Rebekka, die an die Wahrheit glaubte. Claudia, Veganerin. Jasmin, für die sich Sexualität aus dem Gespräch ergab. Birgit, erste Geige im Ärzteorchester.
Diese eine Angst nur hatte ich noch: Daß die Marokkanerin eine Fata Morgana sein konnte.

„Und Dein Name?" Mittlerweile war es an der Zeit.
„Ach, Namen", sagte sie und klatschte in die Hände.

Im Badezimmer durchsuchte ich ihre Kleidung. Der Flanellrock hatte keine Taschen, in ihrem Mantel fand ich ein Flußpferd aus Rosenquarz und einen abgegriffenen Flyer aus Tel Aviv. Mein schlechtes Gewissen dauerte mehrere Tage; schließlich kaufte ich kleine Garnelen, Zitronensaft und eine Flasche Cabernet.

„Keine Schalentiere, danke." Sie trank den Wein und sah mir beim essen zu. *„Er schlang das gebratene Fleisch und die Sardinen herunter, um die Verlesung des Evangeliums nicht aufzuhalten"*, heißt es bei Borges. Am nächsten Tag hatte ich Durchfall.

Sie gab mir einen kleinen grauen Fladen und ein Streichholzbriefchen. Im Aschenbecher quoll der lodernde Fladen auf und verwandelte sich in ein faustgroßes schwarzes Herz.

„Von der Alten an der Ecke", flüsterte sie, „für einen Peso." Synthetischer Gestank lag in der Luft. Wir liebten uns stehend am offenen Fenster.

Wir fuhren mit dem Zug nach Tigre, stiegen auf einen Hügel, die Sonne brach durch die Wolken und schenkte uns einen weiten Blick auf den Rio de la Plata bis hinüber nach Uruguay; ich hatte jenes seltene Gefühl bedingungsloser Stimmigkeit. Wir wanderten durch La Boca, wo die bunten Holzhäuser stehen, vorbei am Kanal mit den fröhlich vermoderten Schiffen, vorbei am Stadion, wo Maradonas verblaßtes Trikot in einem staubigen Bilderrahmen hängt, dessen Glas durch die vielen Küsse fettig und trüb geworden ist.

Am nächsten Morgen lehnte ich mit einer Tasse süßem grünen Tee am offenen Fenster, blies meinen weißen Atem in die Kälte und spürte plötzlich, daß „Marokkanerin" ein harter, häßlicher Begriff war. Ich überlegte und beschloß, sie künftig „La Marocaine" zu nennen. La Marocaine lag unter einer Seidendecke, die sich im Rhythmus ihrer Atmung hob und senkte; ihr linker Fuß mit der in Silber gefaßten Korallenkette war sichtbar, vom Rest des Körpers blieb nur die Kontur. Unten auf dem Gehsteig führte ein hübscher Junge ein Dutzend Hunde spazieren, Retriever, Setter, sogar ein Münsterländer war dabei. Hätte ich in jenem Moment das Gleichgewicht verloren, ich wäre einfach losgeflogen, hinauf in den Himmel, um die erwachende Sonne zu küssen.

Beim Frühstück griff La Marocaine nach meiner Hand.

„Deine Fingerkuppen haben kleine Bäuche", sagte sie.

Es stimmte.

„Und was bedeutet das?"

„Begierde oder Sinnlichkeit. Such es Dir aus." Sie biß in eine Scheibe Honigtoast. „Wenn ich heute aus der Wohnung gehe, komme ich nicht wieder." Sie lachte. Ich lachte mit.

Bei dem Loch, wo die israelische Botschaft gestanden hatte, entdeckte ich einen Imbiß auf Rädern. Ich kaufte ein

Käsesandwich. Am Sockel der Gedenktafel jäteten zwei vor der Zeit gealterte Mestizen Unkraut. In einer Nische des nackten Treppenhauses lagen verfaulte Blumensträuße. Ich hatte Menschen, die von Liebe sprachen, belächelt. Ich warf das letzte Stück des trockenen Brotes auf die Erde, drei Tauben landeten und hackten aufeinander ein, Federn stoben auf. Ein Straßenhändler hielt mir seinen Bauchladen mit dudelnden Feuerzeugen, chinesischen Plastikwekkern und daumengroßen Evita-Figuren unter die Nase. Ich kaufte eine Evita im weißen Abendkleid und schenkte sie dem Imbißbesitzer. Ich lief weiter, hinunter zum Hafen, winkte zwei afrikanischen Matrosen, sprang über einen hölzernen Zaun, breitete die Arme aus und inhalierte die salzige Luft des nahen Meeres.

Ertrinken in ihrem süßsauren Duft. Oder an ihren Küssen ersticken.

Stunden vergingen, ein Tag verstrich, dann der nächste. La Marocaine war verschwunden. Ich lag die Nacht über wach auf dem Bett, bewegte meine Hände im flackernden Schein einer Duftlampe und sah den an der Wand entstehenden Monstren zu, die, als ich schließlich doch für eine halbe Stunde einschlief, in meinen Träumen weiterlebten.
Zum Frühstück briet ich zwei Eier, toastete vier Scheiben Brot, preßte sechs Orangen aus und kochte Teewasser für eine ganze Kanne. Ich nagte an den kleinen Bäuchen meiner Fingerkuppen. Ich nahm ein Taxi zu den Docks, lief

das letzte Stück zu Fuß und drückte auf den Klingelknopf der Anwaltskanzlei. Sie öffnete und sah mich an, als hätte ich es in der Hand.

„Ich war in der Gegend..."

Sie warf die Tür ins Schloß und ließ mich in der Kälte stehen.

la marocaine / textdiebe farbenlehre: rot

Mein Pfad <<
>> von Emeran Braun

para mi carino

du
meine süße last
spürst mein
leben

du allein
kennst den
weg

nimm mich
mit
dorthin

emeran braun: www.textdiebe.de/autoren/braun

Sex <<
>> von Emeran Braun

der mond fiel
vom himmel herab

stürzte auf die erde
mit unendlicher wucht

so daß alles
zerbarst'

die augen
geöffnet
liege ich da
und wage
kaum
zu atmen

hannes fricke: www.textdiebe.de/autoren/fricke

Messer und Tür <<
>> von Hannes Fricke

Es war spät geworden. Die Arbeit zu Ende, der Tag, hatte sich verlaufen wie die anderen. Bis zum Messer.

Langer Schlaf, die Tür wahrscheinlich erst morgens gegen 5 Uhr geschlossen. Erster Nebel, kurz vor Sonnenaufgang, wie Rauchschwaden nach schweren Buschfeuer. Am frühen Nachmittag das Aufwachen. Die Hand schmerzte wie immer, geschwollene Knöchel. Es zog mir die Lider wieder zusammen. Ich kniff die Augen zu: Kein Mittel gegen das Brennen. Das Pulsen in den Händen, leichtes Ziehen im Rücken, ein taubes Gefühl in der Hüfte, Nebel und Rauch, wahrscheinlich von den Schmerzmitteln. Ansonsten nichts. Kein Laut zu hören. Seltsam.

Er wollte wissen, ob er schneller ist, hielt mich für einen alten, langsamen Mann, ließ sich nicht abweisen, die Tür nicht verbieten, wurde laut, griff in die Jackentasche, ich drückte ihn an die Wand, rammte ihm den rechten Ellenbogen im Bogen von oben nach unten in das Gesicht, hörte das trockene Knacken, ein Spritzer Blut auf meiner Jacke, genau über dem „u" von „Security" auf der rechten Brust, wieder diese Stille, schalltoter Raum, Ende, keine Zeit da, dann die Angst des anderen, meine Bitterkeit, wie immer gezwungen, meine Haut zu riskieren für nichts und wieder nichts, die stumpfen Augen von ihm, getroffen, immer stumpfer, mit dem letzten Funken Angst, kurz vor der Ohnmacht, noch kein Schmerz, schnell das Gewicht verlagern: Ich lasse ihn langsam zu Boden gleiten, muss eigentlich das eigene Blickfeld weit halten, mich auf den gesamten Raum konzentrieren, warum drehe ich nur den anderen den Rücken zu, wo ist mein zweiter Mann; ich muss seine Freunde im Auge behalten, sie unbedingt sehen, nur nicht abwenden, wo war nur mein Partner, diese Stille, warum nur kein Laut; dann diese plötzliche Müdigkeit, ich habe das Messer nicht kommen gesehen, es dringt leicht unterhalb der kurzen Rippen ein, das etwas so leicht eindringen kann, eine Niere ist getroffen, seltsam, keine großen Schmerzen, keine Angst, nur der Wunsch, sich endlich hinlegen zu können, Ruhe, müde sein zu dürfen, kein Aufstehen, nie mehr kämpfen müssen, kein Kampf mit Betrunkenen, die selbst nicht wissen, wann oder warum sie zuschlagen, nie wieder Junghirsche und Glatzen, die nur in der Herde angreifen, ohne Ehrgefühl, das ist vorbei, die, nachdem die Tür geschlossen ist, im Morgengrauen draußen auf dem Parkplatz warten, Baseballschläger und anderes, vielleicht Ketten, vielleicht, wer weiß; nie wieder kreischende Freundinnen, die Messer aus ausgeschnittenen Blusen weiterrei-

34

chen, nie wieder Bierkrüge, woher auch immer, endlich
Ruhe, wie der Tod wohl aussieht, warum hatte ich nur den
Rücken zugedreht?

Sie hatte ihn verlassen, als es nichts wurde aus den Plänen.
Die Karriere am Gericht, nach der glänzend besprochenen
Doktorarbeit damals, Hoffnung. Er hatte an der Uni gelehrt,
liebte es, die Studenten dazu zu bringen, eigene Gedanken
zu entwickeln, einander anzugreifen und dies als spieleri-
sche Gesten zu verstehen. Die Stelle war neu zu besetzen,
alle Qualifikationen stimmten, alle wollten ihm Gutes, nur:
Er passte nicht in die Hochschulpolitik, eine Frau machte
das Rennen (ohne eigene Projekte, aber bei dem Angebot
habe sie nicht ablehnen können, allein schon finanziell).
Sie hatte ihn verlassen, war in Tränen ausgebrochen am
Telephon, ihre Pläne zerstört, sie verzweifelt, aber immerhin konsequent (er musste lächeln), nun war sie mit diesem
Jungprofessor verheiratet, sie waren vor kurzem in der
Tür gewesen, er mit dem kleinen Zigarillo, im Rauch der
Nebelmaschine eingetaucht, sie folgte ihm an der Hand;
die Schallwellen peitschten ihm in den Magen, sie hatte
ihn aber nicht erkannt (oder doch?), es auf jeden Fall nicht
gezeigt (oder doch?); zugegeben, es war schwieriger, er
sah anders aus, hatte sich verändert, nachdem die Anwalts-
spraxis aufgelöst worden war, breitere Schultern, vernarbte
Unterarme, eine tiefe Falte, eher: ein Schnitt zwischen den
Augen, kurzgeschorenes Haar; es ging ihr anscheinend gut,
und das mit diesem blassen Mann an ihrer Seite, nichtssa-

gend, widerlich, sich vorzustellen, wie er in sie eindrang, ein Witz, wie er auch nur kurz an der Tür stehen, auf irgend eine Art bestehen wollte; ob es Spaß machen würde, ihn zu zerbrechen; ich bin kurz davor, den Mann zu greifen, die Polizei schätzte ihn, wenn er einen Verletzten haben würde, würde es keine Fragen geben, es schien keine andere Lösung gegeben zu haben, es wäre einfach, ihn zu provozieren, das Entsetzen in ihren Augen zu sehen, zu merken, wie er innerlich zerbricht.

Müde habe ich mich abgewendet, vorgeschützt, mir einen Kaffee zu holen, Alkohol ist Unprofessionalität, kostet die alles entscheidende Zehntelsekunde. Seit zehn Jahren. Müde hatte er sich abgewendet. Sie war nicht wieder aufgetaucht. Wahrscheinlich hatte sie ihn erkannt (oder nicht?).

Ich bin zu alt für das, bald 40, alt und müde. Die Schläuche in der Intensivstation sehen nicht vertrauenerweckend aus. Ich muss den Kopf drehen, um sie sehen zu können. Bisher hat keiner nach mir gesehen. Schwer, weiterzukämpfen. Die Hand schmerzt wieder mehr.

Seltsam: Der Rücken. Ich hatte den Jungen mit dem Messer nicht gesehen, erstaunlich, wie leicht die Klinge eindringt. Dann nur noch mich hinlegen, der Rauch, ersticktes Feuer, in Wellen die Bassboxen in der Wunde, der Schall wie eine Haut um mich, die das Blut aus dem Körper presst, wird eins mit meinem Herzschlag, der Rhythmus, noch ein Schlag, eine Peitsche, immer wieder, das Ende greifbar nah, weiche Wärme, immer gelassener, in ihr liegen, die Wärme wird immer weiter; plötzlich mit einem Schlag alles still, keine Musik, das Mädchen mit schreckenweiten Augen, sie beißt in ihre Faust, die schwarzen Security-Jacken; wie in Zeitlupe fällt der Junge mit dem Messer, immer wieder, immer wieder, die Tür, der Mund aufgerissen, der Junge fällt, kein Schrei, er mit verkrümmter Hand, das Messer am Boden, kein Schrei, er fällt langsam, fällt immer wieder, Rauch, wie ein schlechter Film, alles wie erwartet, ich schließe die Augen, kann sie kaum wieder öffnen, warte, das Ende, endlich alles überstanden, Müdigkeit kommt, alles warm und feucht, nur noch warten, nur noch ein klein wenig warten.

Es muss, es muss sich etwas ändern.

marjana gaponenko: www.textdiebe.de/autoren/gaponenko

>> Gebieter des Drachen
von Marjana Gaponenko <<

Immer wieder sah ich diese Lichthäuschen, diese stillen
Wunder der Stadt,

sah nicht das was ich sah, sondern die Liebe der Fremden.

Jeden Abend zog ich an ihnen vorbei. Jeden Abend! Und
mein Herz zerrte in mir

wie ein Winddrache in den Wolken.

Unzählige Male habe ich Männer der Stadt gefragt, ob
mich nehmen wollten als Drachenleine in die Hände. Sie
nahmen mich gerne und liefen mir mir übers Feld. Der
Schatten folgte uns.

Unzählige Male stürzten sie und blieben alle liegen im Feld
mit Ährenkörnern. Die Männer meiner Stadt laufen nicht
weit.

marjana gaponenko: www.textdiebe.de/autoren/gaponenko

Ich habe mich in den Zweigen der finsteren Bäume verfangen.Es war angenehm: ich wehrte mich,wehrte mich lange und gab auf und schlief ein - in den Zweigen der finsteren Bäume. Und jetzt sieht nur der Mond, ein krankes aber scharfes Auge, mich an. Ich bin selber ein Lichthäuschen. Stilles Wunder der Stadt...

Hör zu,alle Sterne sind ausgeweint. Das Glas des Traurigen geleert. Die Hand des Armen mit Regen gefüllt. Die Nacht kratzt an die Pforten ihren Namen.

Du komm. Wer auch immer du bist. Komm hier. Komm heim.

marjana gaponenko: www.textdiebe.de/autoren/gaponenko

Ich werde mit schnellen Schritten gehen <<
>> von Marjana Gaponenko

Ich werde mit schnellen schritten gehen während du deinem schlummerden kater
den hals kraulst.
ich werde die tür sperrangelweit aufreißen, nicht einen spalt öffnen, ich
werde die tür aufreißen und sie zuschlagen und die stadt verlassen während
du deinem schlummernden kater den hals kraulst. er liebt dich kein bisschen.
einmal wirst du ihn unter den bäumen im park verscharren, nicht wie einen
schatz, sondern wie einen toten kater.

dann wirst du in die kühlen zimmer zurückkehren (ein dunkelbraunes
eichenblatt hinter dem mantelkragen) du wirst dich ausziehen (das blatt wird
sanft rascheln und fallen), wirst dich in den tiefen sessel niederlassen und
die einsamkeit wird dir milch einschenken.

marjana gaponenko: www.textdiebe.de/autoren/gaponenko

Liebe mich stärker. liebe mich mit vielen wortenliebe mich
ohne worte,
liebe mich wie deine zarin wie die späteste der rosen in den
nebelgärten, wie einen kostbaren dolch mit dem man die
rose für die zarin schneidet.

Liebe mich stark auf dass ich dich stärker liebe, auf dass ich
unter den parkbäumen für deinen kater singe während du
ihn verscharrst.

[textdiebe farbenlehre] variationen von

:orange

orange wie spätsommer
orange wie mittelmeer
orange wie tod in venedig
wie 25°
orange ist glühen
orange ist reife
frucht
orange ist freundschaft
ist treue
ist verbundenheit
orange ist ahnung von untergang
orange ist requiem for a dream

sascha straube: www.textdiebe.de/autoren/s_straube

Dr. Roland Schlinke <<
>> von Sascha Straube

eins

Ich habe meinen neuen Anzug angelegt. Eine graue Hose, dazu ein graues Jackett, ein Dreireiher wie er jetzt wieder Mode ist. Dazu meine schwarzen Schuhe, die sehr laut auf dem Asphalt klacken. Ich sehe ein bißchen aus wie ein Künstler, der Anzug stellt mich zwar in eine Reihe mit jedem Banker, meine Haare aber stehen wild in alle Richtungen, lassen ein wenig an Beethoven erinnern. Der Anzug und die Frisur passen nicht zusammen, und gerade deshalb passen sie, eine feine Mischung aus Seriosität und Interessantsein.

Ich schlendere die Maximilianstraße hinunter, denn ich habe einen Plan. Ich muß zugeben, einen ziemlich fiesen Plan, aber man wird sehen. Vielleicht schlägt er ja auch fehl, was ich jedoch nicht glaube.

Vor mir läuft ein Paar, es scheint geeignet. Sie in einem zu teuren Pelzmantel, ihre blonden langen Haare fallen voll über ihre Schultern. Nachgefärbt und aufgepeppt versteht sich. Er in einem braunen Mantel, aus dem eine Anzughose über schwarze Lederschuhe fällt. Sie gehen langsam und sie schaut sich die Auslagen der Designerläden an. Sie gehen zu langsam, schreiten stilvoll einher, zu stilvoll. Sie ist jünger als er, frischer, eigentlich zu jung. Aber der Unterschied fällt gerade noch in den Bereich des Sittsamen, er riecht nach Geld, sie nach Gut-im-Bett.

Ich gehe eine Weile hinter ihnen her und versichere mich meiner Beute. Die Entscheidung ist gefallen. Ich gehe schneller und überhole die beiden rechts, ich kann einen Hauch ihres guten Parfums erhaschen. Dann drehe ich mich ihnen zu und werde unverschämt, zwinge sie zum Stehenbleiben. Beide sehen mich ein wenig erschrocken an, fragend. Mein großer Auftritt.

Ich schaue von seinem männlichen Gesicht zu ihrem durch weiß nicht was für Mittel verjüngten Gesicht. Ich lächle ihr frech und spöttisch ins Gesicht und wende mich wieder ihm zu. Ich weiß, daß es gelingen wird.

- Ich kenne ihre Frau gut, besser als sie denken, jedenfalls besser als sie. Ich schaue ihn an, so keß wie nur möglich. Ich bin ihnen gefolgt und ich möchte sie nur über den wichtigen Umstand aufklären, daß ihre Frau mit Karl vögelt. Ich bin sozusagen ein Augenzeuge, manche stehen eben drauf, wenn jemand zusieht. Dieser Jemand bin dann wohl ich. Das ist aber auch egal. Na jedenfalls konnte ich es nicht länger für mich behalten, ein Mann sollte wissen, wenn seine Frau fremdgeht. Ich wünsche ihnen noch einen schönen Abend.

50

Ich habe ihm die Sätze entgegen geschleudert, sie ihm ins Gesicht gekotzt, ich glaube, ich war nicht schlecht.
- Es tut mir leid, wenn ich ehrlich war, es ist auch für mich nicht leicht. Es tut mir leid.
Bevor einer von beiden etwas sagen kann, entschwinde ich in eine Seitenstraße und höre nur noch, wie er mir etwas von grenzenlose Unverschämtheit und blödem Scherz hinterher ruft. Ich glaube, daß es funktioniert hat. Er hat nicht gelacht.
Ich bin einen kleinen Bogen gelaufen und war sehr schnell wieder hinter ihnen. Sie gehen wieder. Sie hat aufgehört, sich die Schaufenster anzuschauen. Sie gehen schneller. Ihre Köpfe wenden sich immer wieder einander zu, sie reden miteinander. Leider kann ich sie nicht verstehen. Er gestikuliert jetzt wild, Lautfetzen dringen zu mir vor. Sie reden lauter. Ich weiß, daß es geklappt hat.

zwei

- Wer ist Karl? Roland Schlinke, Dr. Roland Schlinke hat diese Frage an diesem Abend schon so oft gestellt. Auch jetzt in der Küche des großen Hauses stellt er sie wieder. Er wollte nicht mehr zum Essen gehen. Ihm war die Lust auf einen gemütlichen Zweiertisch vergangen. Dieser junge Mann konnte irgendwer sein, betrunken vielleicht, auf Drogen. Aber was konnte er für eine Motivation für einen solchen Auftritt haben?, wer würde sich grundlos in so eine peinlich Situation begeben? Warum auch? Was sollte das Ganze?

Der Name ging ihm nicht mehr aus dem Kopf, er kannte nur zwei Karls, und die kamen als Liebhaber seiner Frau keinesfalls in Frage. Er war sich sicher. Dieser Name, Karl. Wer ist Karl?

- Ich frage dich noch einmal, und ich erwarte, daß du mir ehrlich antwortest. Wer ist Karl?

Annette Schlinke sitzt zusammengesunken auf ihrem Stuhl. Sie kann es nicht fassen. Denkt nur immer wieder, was sie noch machen soll, wenn ihr Mann ihr nicht glaubt. Sie kommt sich selbst unglaubwürdig vor. Sie kennt keinen Karl, jedenfalls keinen Karl, der ihr Geliebter sein könnte. Sie hat keinen Geliebten. Sie ist noch nie fremdgegangen. Aber gerade weil sie unschuldig ist, kommt sie sich so wenig überzeugend vor. Wenn ich schuldig wäre, dann hätte ich mir gute Ausreden, gute Sätze überlegt. Aber ich bin nicht fremdgegangen, ich habe mir nichts überlegt und Roland glaubt mir nicht.

Sie antwortet ruhig und besonnen, will auf jeden Fall vermeiden, daß ihr Mann laut wird.

- Roland, ich bitte dich, die ganze Sache ist so lächerlich. Ich kenne nur einen Karl, und der ist fast 80 und mit mir verwandt. Und du hast zwei Bekannte, die Karl heißen, aber ich kenne keinen von ihnen näher. Roland, schau mich nicht so an, ich bin nie fremdgegangen, ich werde nicht fremdgehen und ich finde es lächerlich, daß irgend jemand dir auf der Straße etwas erzählt und du ihm eher glaubst als mir. Das ist doch wie in einem schlechten Film.

- Im Grunde hast du ja recht, du hast ja recht. Aber der Name geht mir nicht mehr aus dem Kopf. Dieser junge Mann hat mich mißtrauisch gemacht, hat mich auf etwas aufmerksam gemacht. Du bist jünger als ich, du hast sehr viel Zeit, ich dagegen muß sehr viel arbeiten. Ich kann es mir einfach sehr gut vorstellen, daß du in dieser Einsamkeit Gelüste bekommst und dir dann einen anderen Mann suchst, und du würdest leicht einen finden.

- Aber Roland, wenn ich dir doch sage, daß ich noch nie fremdgegangen bin... Ich habe diesen jungen Mann noch nie zuvor gesehen, ich kenne ihn nicht. Er ist ein Fremder, und er spricht uns an, sagt dir, daß ich fremdgehe und du glaubst es.

- Ich glaube es nicht, ich habe Angst, daß es so sein könnte, ich bin mir nicht mehr sicher.

- Aber Roland, wo ist denn da unser Vertrauen hin. Wenn dir ein Fremder sagt, daß ich fremdgehe, und ich dir sage, daß ich es nicht tue, du aber dem Fremden glaubst, was ist dann aus uns geworden. Ich bitte dich. Zerstöre uns nicht. Ich versichere dir, ich bin nie fremdgegangen.

- Schatz, ich weiß. Ich habe es doch schon einmal gesagt. Ich bin nur verunsichert. Der junge Mann war nicht betrunken, er sah nicht schäbig aus, er sah eher aus, wie ein Künstler, der sich zu kleiden versteht, der sich zu benehmen versteht und der so mancher Frau interessanter erscheint, als ihr Mann, der Jurist ist, Banker oder Vorstandsvorsitzender. Solche Typen sind jung, sie sind wild, rezitieren vielleicht Gedichte, malen einen Akt, alles ist ein wenig anders als sonst. Verdammt noch mal, Annette, ich kann es mir einfach so gut vorstellen.

- Aber Roland, ich schwöre dir, daß es nicht stimmt. Ich liebe dich und ich bin sehr zufrieden mit dir, in jeglicher Hinsicht. So glaub mir doch.

Roland Schlinke läßt sich ebenfalls auf einen Stuhl sinken. Warum glaube ich diesem dahergelaufenen Irgendwer? Warum bekomme ich diesen Namen nicht mehr aus dem Kopf? Karl. Karl! Ich ertrage es nicht, daß jemand anders mit Annette schläft. Wenn.

Er starrt seine Frau an. Er weiß sehr wohl, daß er ihr ohne Zögern glauben müßte, aber er tut es nicht. Und er weiß nicht einmal, warum er es nicht tut.

Annette Schlinke erhebt sich und umarmt ihren Mann. Sie nimmt ihn bei der Hand und führt ihn in das Schlafzimmer mit dem großen Bett. Was soll sie noch sagen. Ihr Mann glaubt ihr nicht, vertraut ihr nicht mehr.

Sie zieht ihn ins Bett. Es ist sicher keine Lösung, aber eine Handlung, immerhin etwas, das sie mit ihm tun kann. Etwas, das Nähe ist.

Dr. Roland Schlinke ist verwirrt. Er glaubt seiner Frau nicht, er weiß nicht warum. Ist es, weil er noch nie daran gedacht hat, daß seine Frau sehr viel Zeit hat. Vielleicht zu viel, oder er zu wenig. Er läßt sich von ihr ausziehen. Denkt nicht dabei. Denkt nicht daran, daß das alles noch schlimmer machen könnte. Sie zieht ihn aus, drückt ihn sanft aufs Bett, leckt an seinen Zehen.

- Kannst du dir vorstellen, daß ich das mit anderen mache,

unsere Geheimnisse verrate? Annette Schlinke versucht es noch einmal mit Reden, dieses eine Mal noch. Sie bereut es sofort, als sie in die versteinerten Gesichtszüge ihres Mannes blickt. Sie spricht nicht mehr, ihre Zunge arbeitet sich weiter nach oben vor. Ihr Mann stöhnt leise auf, schließt die Augen. Die Nähe kommt. Roland Schlinke bewegt sich auf einmal. Er dreht seine Frau auf den Rücken, zieht ihr den Slip aus. Sie sucht seine Augen, doch die sind immer noch geschlossen. Er will ihr noch näher sein, näher als nah. Er dringt in sie ein und auch sie will es. Sie stöhnt, ihre Hände auf seinem Hintern drücken ihn noch näher, noch weiter.

Seine Augen sind noch immer geschlossen. Er bewegt sich langsam in ihr, intensiv. Als er seine Augen öffnet ist sein Blick wild, fremd. Annette Schlinke erschrickt. Er fängt an, hart in sie zu stoßen, sie rutscht nach oben, ihr Kopf schlägt gegen das Bettgestänge. Sie läßt es geschehen. Es tut weh, er tut ihr weh.

- Nicht so fest. Sie sagt es leise, es könnte Angst sein.

Er stößt weiter, zu fest. Er wird schneller. Er denkt nicht. Vielleicht will er sie zurückerobern - von wem? Sie besitzen, für immer.

Dr. Roland Schlinke kommt nicht, er spritzt ab, tief in seiner Frau. Fast mit Haß, verzweifelt.

Sie hat jetzt Angst. Annette Schlinke erkennt ihren Mann nicht, kennt ihn so nicht. Er zieht sich aus ihr zurück, rollt sich neben sie und denkt nur, daß er ihr nicht glaubt. Sie weint leise, kann nicht sprechen und schaut zur Decke, sie

kennt ihren Mann nicht. Denkt nur, daß sie ihren Mann nicht kennt, daß nichts sein wird wie zuvor. Nie mehr.
Roland Schlinke ist eingeschlafen und träumt schlecht. Seine Frau schläft noch nicht. Sie weint in der Dunkelheit und fühlt sich fremd. Fremd und sehr allein.

drei

Ich muß zugeben, daß mein Plan gemein war. Aber ihr müßt zugeben, daß er funktioniert hat. Ich habe das Ehepaar Schlinke in Starnberg beobachtet. Es war leicht, ihnen zu folgen, es war leicht, nicht bemerkt zu werden. Leider traute ich mich nicht näher an das Haus heran, denn ich habe große Angst vor Hunden. Und der Garten sah sehr verdächtig nach einem Wachhund aus. In der ersten Nacht scheint nicht viel passiert zu sein, obwohl es sicher die entscheidende Nacht war. Am nächsten Morgen, einem Montag, hat Frau Annette Schlinke - bis zum Briefkasten habe ich mich dann doch getraut - sehr früh das Haus verlassen. Ihr Mann jedoch hat das Haus nicht verlassen. Ich bin mir aber sicher, daß er zur Arbeit gemußt hätte. Am Abend wartete ich gespannt auf ihre Rückkehr, aber sie kam nicht.
Die Nacht im Auto war kalt und ziemlich ätzend. Dr. Roland Schlinke ist am nächsten Tag zur Arbeit gefahren - denke ich jedenfalls. Seine Frau ließ sich nicht blicken. Auch an den folgenden Tagen kam sie nicht nach Hause. Wahrscheinlich hat sie den Klassiker gebracht und ist zu

56

ihrer Mutter gefahren. Nach fünf Tagen habe ich aufgegeben, ich konnte mich selbst schon nicht mehr riechen. Und das Fastfood in Starnberg ist auch nicht gerade überragend, vor allem das in der Nähe des Hauses von Herrn und Frau Schlinke nicht.

Als ich letzte Woche mal wieder dort war und vor dem Haus gewartet habe, kam eine ganz andere Frau aus dem Haus. Es ist mittlerweile ein halbes Jahr vergangen. Am Briefkasten steht noch immer Dr. Roland Schlinke. Darunter aber steht nichts mehr.

vajk zelles: www.textdiebe.de/autoren/zelles

Anflug <<
>> von Vajk Zelles

Eigentlich zum schreien komisch manche Sachen. Stelle mich manchmal vor den Spiegel und lache mich selber aus. Laufe dann rot an. Die Adern springen mir aus der Stirn und kräuseln sich oder werden am Hals ganz dick. Wenn mich mein Mitbewohner sieht, fragt er mich, ob ich noch richtig ticke. Kann dann aber nicht aufhören mit Lachen und verziehe mich in mein Zimmer.

Da sind Wände und ein Schrank und ein fettes CD-Regal und ein Sessel und eine Pflanze, von der ich nicht weiß, warum sie noch lebt. Ich liege dann auf dem Bett und warte, dass das Lachen aufhört. Tut es auch meistens, wenn ich mich nicht mehr sehe. Ich denke mir dann, dass ich eigentlich irgendwas machen könnte. Lesen oder was essen oder sowas. Oder wen anrufen.

Manchmal bleibe ich auch nur liegen. Beobachte, wie das Tageslicht langsam weniger wird. Und die Autoscheinwerfer geknickte Linien über meine Zimmerdecke schieben. Ich erwarte dann, dass irgendwas passiert. Versuche Ereignisse zu erzwingen, indem ich nichts tue.

Mir ist aufgefallen, dass das sehr schwer ist. Und meistens gebe ich nach einer Weile auf. Ich überlege mir, was es noch gäbe. Kochen ist meist eine Alternative, aber außerhalb meines Zimmers ist mein Mitbewohner und wird Fragen stellen.

Wenn mir mein Zimmer zu klein wird, stehe ich auf und ziehe mir meine Jacke an. Gehe durch die Straßen und nehme mir vor, nachdenklich zu sein. Außerdem habe ich ein Handy. Das nehm ich mit nach draußen. Ich gehe durch die Straßen und wünsche mir, dass bald Herbst wird. Oder jemand anruft. Ich könnte mich mit wem verabreden und ihm tolle Geschichten aus meinem Leben erzählen.

Manchmal passieren so komische Sachen. Aber ich kenne diesen Effekt. Man sitzt und raucht und säuft und faselt sich wirres Zeug entgegen und beteuert sich irgendwann nur noch, dass man das alles wahnsinnig gut verstehen kann. Und am Ende von sowas sitzt man sich nickend gegenüber und fühlt sich wie nach schlechtem Sex. Am liebsten wären mir Leute, die nichts hören oder nicht saufen oder zumindest nicht versuchen, einen zu verstehen. Aber solche Leute kenne ich nicht.

Auf einem Fest habe ich vor einiger Zeit ein Mädchen getroffen. Beim Jackeausziehen hab ich sie angesehn und sie hat mir genau ins Gesicht geschaut. Und in diesem Augenblick war ich verloren. Sie saß da, zog mich in ihren Blick und mir wurde fast schlecht vor lauter Unaussprechlichkeit. War völlig überfordert von dem Gefühl, dass sie mich kennt. Kam mir beobachtet vor. Irgendwie von innen raus. Aber gut. Dies Mädchen hat auf Fragen geantwortet, die ich nicht ausgesprochen habe. Hat Worte hochgetaucht, die ich in mir versenkt habe. Hab irgendwie gewußt, dass sie alles versteht.

Ich habe dagesessen und versucht geistreich zu sein und dabei immer wieder gemerkt, dass man gegen sowas nicht ankommt. So ein Anflug von Wahnsinn oder von Sinn oder von sonstwas Unbegreiflichen. Da ist man nur Statist. Kann sich nur fragen, wie ein Mensch so duften kann oder so sprechen. Und kann dann versuchen, irgendwelche Wortfetzen einzufangen, die völlig ziellos durch den Raum segeln. Sich daran festklammern und zu beweisen versuchen, dass man noch bei Verstand ist. Sich möglichst auf vertrautem Terrain bewegen. Platitüden haben sich in ziemlich beeindruckender Anzahl angesammelt im Laufe der Zeit. Und in solchen Situationen bin ich eigentlich ganz froh drum.

Während ich dann durch die Straßen gehe, wünsche ich mir oft einen Anruf, weiß aber auch, dass mich das nur dazu bringen würde, irgendwas zu tun, was ich eigentlich nicht tun will. Saufen oder erzählen oder mich mit Dingen beschäftigen, die es nicht wert sind.

Finde es dann meist im gleichen Augenblick besser, so vor mich hinzudenken und nicht erwarten zu müssen, dass mir irgendwer zuhört oder gar antwortet. Muss nicht fürchten, dass mein Gegenüber irgendeine wahllose Parallelgeschichte auspackt, die mich genausowenig interessiert, wie ihn die meine. Draußen ertappe ich mich oft beim Frieren. Ertappe mich dabei, dass ich mir eine Zigarette wünsche, weil Rauchen Frieren legitimiert. Beim Nach-kleingeldschauen fällt mir auf, dass ich meine Wege eigent-lich nie zufällig gehe. Ich stehe dann, wenn mir sowas auffällt, meist an einem Ort, der mir sowieso die ganze Zeit im Kopf rumgespukt ist.

In diesem Fall wohl in ihrer Straße. Ich habe nämlich ihre Adresse und Telefonnummer rausbekommen und zwei Tage später angerufen. Durchs Telefon hat es so geklungen, als wäre sie begeistert. Mein Herz ist zu einem Klumpen Freude geworden. Ja, hat sie gesagt, sie will sich auch mit mir treffen. Hat gesagt, sie ruft mich an. Hat sie nicht getan, angerufen. Kein Wunder, hat mein Gehirn mich beschwich-tigt. Die hat nen Freund. Hab zwei drei mal versucht, etwas mit ihr auszumachen. Habe nicht geschafft, mich mit ihr zu treffen. Das eine mal musste sie irgendwohin, das andere mal war irgend ein Streß. Eine Woche später haben wir wieder telefoniert. Sie hatte keine Zeit.

Ich denke, da hätt ichs aufgeben sollen. Würde jetzt wahr-scheinlich an ganz andere Sachen denken und nicht solche Dinge tun, wie in regelmäßigen Abständen bei der Zeit-ansage oder beim E-Plus-Horoskopservice anzurufen. In einem Anflug von Überschwang hab ich zwei Karten für irgend ein sauteures Konzert besorgt und bei ihr behauptet, ich hätt sie umsonst bekommen.

Sie konnte natürlich nicht. Aber das konnte sie ganz gut: am Telefon irgendwas total schade finden. Hat gesagt, sie wärn bisschen krank und würde heut um acht ins Bett gehen. Also bin ich mit wem anders zu dem Konzert und der fand die Band Scheiße und wollte nachher noch in so einen Club, wo das Bier 12 Mark kostet und er den DJ kennt.

Ist innerhalb von Sekunden zwischen irgendwelchen Menschen verschwunden und ich stand mit meinem Nobelbier rum und dann hab ich sie plötzlich wiedergesehn. Sie saß mit so einem Typ im Anzug am Tisch und hat den Kopf immer zurückgeworfen vor lauter Lachen. Hatte so ein unscheinbares Mädel dabei. So eine typische beste Freundin, die keinen abkriegt und immer von allen Typen abrät. Ich hab an einer Säule gelehnt, wo man den ganzen Laden überschaun kann. Hab ungefähr eine Stunde gebraucht, um mich zu entschließen, nicht zu ihr rüberzugehen.

Der Typ muss unglaublich komisch gewesen sein. Sie hat immer wieder ihren Kopf zurückgeworfen, und ich konnte ihren Gaumen hinter den Schneidezähnen durchblitzen sehen. Irgendwann habe ich bemerkt, dass mein Bier leer ist und ich bin gegangen.

Jetzt würde ich gern meine Gedanken im Zaum haben. Wäre ganz froh, wenn ich mir keine Gedanken mehr machen würde über diese Sache. Aber mittlerweile ahne ich irgendwie, dass Eine-Sache-ganz-beenden eine Erfindung von amerikanischen Filmregisseuren ist, und darum stehe ich manchmal am späten Abend im Dunkeln und freu mich auf den Herbst und geh einfach noch die Straße runter, wo sie wohnt. Da brennt dann manchmal Licht hinter dem Fenster, wo ich sie vermute.

Meistes fängt es dann an zu regnen, aber ich halte das für

ziemlich passend und irgendwie authentisch. Ich stelle mir dann einige Sachen vor, die sie da oben gerade tun könnte. Stelle mir vor, was wäre, wenn ich einfach bei ihr Klingeln würde. Stelle mir das Zimmer vor, in dem sie wohnt. Bin dann meistens schon ziemlich weit gekommen, die Zigarettenschachtel aufzurauchen, die ich eben erst gekauft habe. Kämpfe beim Rauchen mit mir, ob ich klingeln soll. Meist gehe ich irgendwann wieder heim. Wenn das Licht ausgegangen ist oder meine Füße einfrieren. Oder irgendwer aus dem Haus rauskommt und mich anschaut als wär ich vom Mars.

Aber irgendwann, an einem solchen Abend, kann es mir selbst eigentlich nicht erklären, beschließe ich einfach mal reinzugehen in das Haus.

Bin ziemlich erstaunt, als ich merke, dass die Haustür nur angelehnt ist, und vergesse dabei, mir die Zigarette anzuzünden, die ich mir gerade in den Mund gesteckt habe. Schleiche durch das Treppenhaus. Versuche dabei kein Geräusch zu machen, und am besten auch keinen Schatten, weil ich mir irgendwie vorkomme wie ein Einbrecher oder ein Spanner. Da liegt ein roter Teppich auf den Stufen, mit ganz feinen Eisenbeschlägen am Rand, damit er nicht wegrutscht, selbst wenn man die Treppen schnell rauf- und runtermuss. Kommt mir vor wie ein Haus mit Geschäftsleuten und Kindern von reichen Eltern drin. Hab mir mal ne Wohnung in so einem Haus angeschaut, bevor ich da eingezogen bin, wo ich jetzt wohne. Da gabs für jede Wohnung zwei Garagenplätze. Ich frage mich, ob das Mädchen ein

Auto hat oder zwei, oder ob da das Auto von dem feinen Kerl aus dem Club steht. An den Türen sind Messingschilder mit Namen drauf. Unten sind vor allem Zahnärzte und Kanzleien und Namen mit vielen Titeln davor. Im zweiten Stock steht ein Kinderwagen, der mich irgendwie an ein Mondauto erinnert. Im dritten Stock ist ein Messingschild mit ihrem Namen drauf. Ich stehe dann da, warte ein paar Minuten. Mir fällt gar nicht auf, dass ich immer noch eine Zigarette im Mund habe, komme deswegen auch nicht auf die Idee, sie anzuzünden.

Das Flurlicht geht aus. Bleibe im Halbdunkel stehen und beobachte meinen Zeigefinger, wie er sich der Klingel nähert. Ich denke, dass ich mir mal wieder meine Nägel schneiden sollte. Es riecht irgendwie steril. Bisschen Nach Bohnerwachs. Bisschen nach was anderem, was bestimmt mit dem Teppich zu tun hat. Ich sehe, wie mein Finger das Plastik berührt. Den Widerstand überwindet. Das Klingeln auslöst, das mir irgendwie zu laut vorkommt. Übertrieben für mein zaghaftes Drücken. Dann passiert erstmal gar nix. Dann höre ich Schritte. Höre, wie drinnen ein Schlüssel rumgedreht und die Türklinke runtergedrückt wird. Sehe, wie Licht von innen aus der Tür kommt, als sie aufgezogen wird. Außerdem ganz angenehme Heizungswärme. Da hängt ein Schlüsselbrett an der Wand neben der Tür und ein paar Haken mit Jacken drauf. Der Typ aus dem Club steht da. Sieht irgendwie mürrisch aus. Kaum angezogen und mit ner dezenten Halblatte in den Shorts. Schaut mich an, als hätt ich ihm gerade auf die Füße gekackt. An ihm vorbei kann ich in einen Flur sehen. Am Ende ein erleuchtetes Zimmer. In dem Zimmer das Fußende eines Bettes und darüber hinausgereckt ihr Gesicht.

Ich gehe einen Schritt zur Seite. Versuche möglichst gelassen dreinzuschauen. Frage ihn, ob er mir vielleicht Feuer geben kann. Als er nur die Stirn runzelt, zucke ich mit den Schultern und wünsche ihm eine gute Nacht. Höre im runtergehen noch die Tür zuschlagen. Gehe die zwei Stockwerke zurück und zünde im Regen vor der Haustür die Zigarette an. Sehe von unten, wie in dem Fenster das Licht ausgeht. Kann mir gut vorstellen, wie er im Schlafzimmer noch so einen tollen Witz macht, und sie ganz begeistert ihren Kopf zurückwirft.

Wenn ich nach hause komme, ist mein Mitbewohner meist noch wach und wir trinken und wir reden darüber, wie scheiße der Tag war. An diesem Abend bin ich eigentlich ganz froh, dass er nicht da ist. In meinem Zimmer ist immer noch die Wand und das CD-Regal und der Sessel und die seltsame Pflanze. Ich bleibe noch lange wach und versuche mir mein Spiegelbild vorzustellen, weil ich eigentlich noch Lust habe zu lachen.

anflug / textdiebe farbenlehre: blau & orange

jana kabobel: www.textdiebe.de/autoren/kabobel

Weinen <<
>> von Jana Kabobel

„Wann haben sie das letzte mal geweint? Ach, es ist schon länger her, na das lässt sich einfach erklären, seien sie unbesorgt, es besteht kein Grund zur Aufregung. Sehen sie die Sache doch mal so: Tränen vergießen ist ein höchst unproduktiver Vorgang, es kostet Mühe und Zeit, ich will gar nicht daran denken, was für eine Belastung es auch für andere sein muss, für die Umstehenden, wenn einer plötzlich losheult, stellen sie sich das doch mal vor, es ist schrecklich, es ist weich, ich will schon fast sagen eine Entwicklung in primitive Strukturen. Gut so, wenn man es lässt, okay, bei einer Beerdigung, ich meine das versteht sich doch von selbst, oder wenn der Freund schluss macht, ja aber selbstverständlich kann man da weinen, aber doch nicht einfach so.

Sie wissen also nicht, wann sie das letzte mal geweint haben. Gut so, kann ich da nur sagen, verzetteln sie sich bloß nicht in pseudo-melancholischen oder gar selbstmit-leid-gefüllten Gedanken, es ist grauenhaft, was ich schon alles mitansehen musste, Welten sind da für mich zusammengefallen. Gucken sie mich an."

Der Arzt zupfte seinen Kittel zurecht und richtete sich mit durchgestreckten Rücken vor mir auf, sein Blick schweifte aus dem Fenster und sein Gesicht wurde ernst.

„Mein Leben war nicht einfach."

Er fing an auf und ab zu gehen, der Blick senkte sich.

„Ich war lange unglücklich, mir schien mein Leben nicht so recht in der richtigen Bahn zu verlaufen, es gab viele Hochs und Tiefs, doch ich war mir selber immer treu und habe gelernt wegzustecken. Wachen sie auf!"

Er fasste mich an meinem ausgeleierten Pulli an und schüttelte mich.

„Es gibt noch Hoffnung für sie, ergreifen Sie sie und seien Sie gefälligst nicht so sentimental, das ist ja kaum mit anzusehen."

„Was muss ich tun? Ich schwebe schon so lange in diesem Zustand der Hoffnungslosigkeit, ich habe alles versucht, ich habe sogar meine Freundin gebeten mich zu verlassen, damit ich endlich wieder weinen kann, doch es passierte nichts." Der Arzt setzte sich neben mich auf die Couch und sprach mit sanfter Stimme: „Sie sind auf dem falschen Weg, Sie müssen sich besinnen."

Besinnen klang es nach Stunden noch in meinem Kopf, als ich schon wieder zu Hause war und versuchte zu verstehen, was geschehen ist. Ich bin also zu einem Arzt gegangen, es war mein Therapeut, zu dem gehe ich schon länger. Doch noch immer verstehe ich nicht was er sagt. Vielleicht ist es ja ein Guru, der in Rätseln spricht, vielleicht sagt er immer das Gegenteil von dem, was er meint, oder er spricht in Paradoxen, um mich zu verwirren und so lange wie möglich als Patienten zu behalten.

Auf einmal wurde mir alles klar.

Doch dieser Zustand dauerte nicht lange, denn wo war ich angekommen, in der verdammten Realität wohl. Davon haben mich schon Freunde gewarnt, Klaus sagte, geh da nicht hin. Was wusste schon Klaus, der hat doch selber eine Macke. Und weinen kann er auch nicht. Er sagt zwar immer, wenn er wollte könnte er, aber das glaube ich nicht. Klaus glaubt das wahrscheinlich selber nicht, doch was soll's, genau dahin war ich jetzt unterwegs, in die WG vom Klaus, wo er und seine gestörten Freunde wohnten.

Ich will sie nicht abwertend betrachten, nein, ich bin mindestens genauso gestört wie sie, und das ist auch gut so, denn „gestört" ist in unseren Breitengraden, breit im wörtlichen Sinne, ein Kompliment, was man nur ausgewählten Genossen und Genossinnen gibt. Von dem letzteren gab es wenige, höchstens mal die Schwester von einem der Burschen, oder eine Exfreundin die sich nicht so recht lösen will. Dementsprechend waren die Abende und Nächte abwechslungsreich, denn es passierte wie in gewohnter Euphorie nichts. Und es war so laut, dass man nachts nicht schlafen konnte. Trotz alledem befinde ich mich auf dem Weg in diese WG, ich stelle mir vor, dass ich vielleicht schon mein Leben lang unterwegs bin und niemals ankommen werde, und wenn doch, dann vielleicht bei einer diesen Briefkastenfirmen, die einen betrügen wollen, die es gar nicht wirklich gibt. Ich fing an schneller zu laufen, ich versuchte vor meiner Angst wegzulaufen, mir zu beweisen, dass meine Vermutungen einzig und allein dem paranoiden Zentrum meines Gehirns entspringen, welches immer mehr Macht übernimmt.

Als ich endlich im dritten Stock ankam, atmete ich erstmal tief ein und aus und begrüßte meine Freunde, setzte mich auf das Sofa und zündete mir eine Kippe an.

Vielleicht wäre eine Briefkastenfirma doch besser gewesen denn wo war ich hier bloß?

Klaus nickte mir mit dem Kopf zu, seine Lippen hingen leidenschaftlich hingebend an einer Bong. Am Computer darf ich vorstellen, saß Stefan und spielte eins von diesen Spielen, dessen Namen er wahrscheinlich selber nicht mehr weiß, weil sein Sprachzentrum nur noch die Wörter „wie komme ich hier weiter?" und „schon wieder greifen die an" kennt. Neben mir lag eine Person unbekannter Herkunft, sie schlief oder war nicht ansprechbar und das anscheinend schon für eine längere Zeit, denn auf der Kleidung hatte sich eine dünne Staubschicht gebildet, die Finger klammerten sich um eine halbleere Bierflasche.

Ein Mädchen fragte mich nach einer Zigarette, sie trug eine sehr bunte Hose und ein Oberteil mit einem tiefen Ausschnitt. Ich gab ihr nichtssagend eine Kippe und sie setzte sich neben mich, mit den Untersilien, die dafür benötigt wurden um eine Tüte zu bauen. Nein, ich war nicht in der Drogenhölle der Stadt angekommen, Drogen waren hier relativ nebensächlich, man hatte ja den hauseigenen

Dealer. Vielmehr hatte man andere wichtige Gründe, um sich zu treffen. Kommunikation war es nicht, auch wurden keine Gesellschaftsspiele gespielt oder Briefmarken ausgetauscht.

Bis ich weiß, was es ist, werde ich nicht aufhören weiterhin diesen Ort aufsuchen und mich entspannen.

Eins macht mir aber wirklich Sorgen, warum kann ich nicht weinen, wie funktioniert das überhaupt, kann man das verlernen? Die Vorstellung, dass ich es möglicherweise verlernt habe beruhigte mich irgendwie, das heißt, es war einfach ein Prozess, der sich unabhängig von mir und meiner Umgebung vollzogen hat.

Wie gut zu wissen, dass alles in bester Ordnung war, erst recht als Stefan wieder fragte „Wie komme ich hier weiter?"

[textdiebe farbenlehre] variationen von

:weiß

weiss wie leere
weiss wie wolke
weiss ist körperlos   weiss wie wind
weiss wie keine farbe
weiss ist unsichtbar weiss wie schnee
weiss ist durchsichtig
weiss ist flüchtig   weiss ist licht   weiss ist hell
weiss ist leicht
weiss wie rein

Herwarth <<
>> von Harald Taglinger

Mein Auftrag schien ein göttlicher. Im Wesentlichen. Es war nur einfach so, dass eines frühen Tages kurz vor dem Schnattern des Briefkastens mit den üblichen Morgenblättern ein merkwürdiger Lichtkegel etwa einen halben Meter entfernt vor meinem Bett entstand, sich knapp über einem leeren, umgefallenen Glas Tokaier aufbaute und so stark zu summen begann, dass ihn mein Schlaf nicht mehr leugnen konnte. Da stand dann der Gott vor mir und lächelte.

„Jetzt nicht. Du siehst doch, dass ich gesoffen habe." Sichtlich schlecht gelaunt nahm ich die Erscheinung einfach nicht zur Kenntnis, irgendwie. Sie sprach auch nicht mit mir, stand einfach nur da, bis ich meine Augen mühsam aus der Dunkelheit eines saumäßig verkaterten Schlafes an das gleißende Licht gewöhnt hatte. Und zudem nahm mir der da meine Galligkeit nicht einmal zu sehr übel. Souverän. Er begnügte sich bescheiden damit, mir unvermittelt die Zunge an die Decke zu kleben und mich daran wie ein tapsiges Chamäleon zappeln zu lassen. Slopp. Da hing ich. Keine Chance, jetzt auch nur im Entferntesten motiviert zu lächeln. Merkwürdigerweise behob dieser Lift aber meine Kopfschmerzen. Das hätte ich ihm auch gerne mitgeteilt. Allerdings war er es nun, der ausschließlich das Sagen hatte.

Noch immer dieses Lächeln, da stand er also. Wenigstens nicht im brennenden Dornbusch. Das hätte mir den Teppich ruiniert. Er stand da in einem blauen Mechaniker-Overall, die Achseln ein wenig zu knapp bemessen. Die Schuhe hatten eine leichte Staubschicht, soviel konnte ich sehen. Dann wendete ich meine Augen wieder gen Himmel. Die Zunge begann leicht zu brennen.

Er hatte Gott sei Dank ein bisschen Erbarmen und kam schnell zur Sache. „Der Auftrag ist einfach. Du bringst Herwarth ausgestopft über die Grenze, siedelst Dich dort an und wartest auf Anweisungen." Dann war das Licht verschwunden, ich rummste mit einem lauten Zungenschnalzen von der Decke in mein Nachtlager zurück. Bei Gelegenheit sollte ich die Bettfedern auswechseln.

Gut.

Noch einmal im Schnelldurchlauf: Da war also dieser Mechaniker im blauen Strampelanzug, der mich an die Decke geheftet hatte. Da war dieser Suff, der jetzt schlagartig beiseite gewischt war. Und Herwarth sollte ich ausstopfen. Herwarth. Ich kannte keinen Herwarth. Eine Grenze an sich konnte ich mir mit Mühe und Not vorstellen, aber da ich Herwarth nicht kannte, war mir jegliche Bestimmung des exakten Landesendes nicht möglich. Vielleicht sollte ich anfangen, mein Leben ein wenig früher zu rekonstruieren. 24 Stunden früher zum Beispiel. Also tat ich das, was ich immer gerne tat, ich riss meinen Telefonhörer von der Gabel, entwirrte ein darüber gestülptes Diaphragma von der Sprechmuschel, dachte erst gar nicht daran, wo das schon wieder herstammen könnte und rief meinen Freund Jordan an.

Jordan müsste nach allen Regeln der Wahrscheinlichkeit zumindest bis zum Einsatz irgendwelcher Verhütungsmittel anwesend gewesen sein. Und Jordan wusste - meistens - am nächsten Tag auch, wo und wie sich die restliche Nacht in meinem Fall abgespielt haben könnte. Halbe Stunde Klingeln, kein Thema. Wahrscheinlich suchte er diese nölende Fernmeldegeißel gerade fluchend in seinem Küchenmüll. Dann ein Klacken.

Jordan.

„Fumbl." Mist, ich hatte vergessen meine Zunge wieder an die Artikulation meiner Wörter zu gewöhnen. „Bist Du's?" Um so bedenklicher, dass mich Jordan vielleicht gerade deshalb um diese Zeit und in seinem Zustand schon erkannte. „Sag nichts. Der Schlampe hast Du es ordentlich besorgt, mhm?!" Erste Erinnerungsbrocken. Oh Gott, doch nicht etwa diese dicke Zigaretten-Verkäuferin? Sämtliche dreckigen Witze meiner Zeit als Volleyballer fielen mir wieder ein und in das wiehernde Lachen von Jordan warf ich meinen ersten artikulierten Satz.

„Eben war Gott bei mir."

Das Lachen am anderen Ende der Leitung stockte. Jordan kam mir mit dieser Masche, die er in einer Seminargruppe am pädagogischen Institut der Universität aufgeschnappt hatte. Dabei ging es ihm damals nur um Inge, aber die stellte sich als Blindgänger heraus, ließ sich Geschlechtsumwandeln und sitzt heute als FDP-Abgeordneter im Landtag.

„Du, echt, wenn Du Probleme hast, kannst Du jederzeit vorbeikommen und wir trinken Tee, und..." „Jordan, Menf (Ganz lief es doch noch nicht.), ich rede von IHM, hörft Du. ER war wirklich da."

Schweigen kann lange dauern. Zu lange.

„Gott"

„Ja."

„Bei Dir"

„Ja."

„Weiß Dein Vermieter davon?"

„Nein."

„Ruf jetzt bloß nicht Deine Mutter an."

„Jordan, Freund. Ich verfeifer Dich nicht. ER hat mir einen Auftrag gegeben." Ein wiederholtes, lang gezogenes Schweigen gab uns beiden eine Zeit der Ruhe und Besinnlichkeit. Menschen schweigen viel zu wenig miteinander. Dann legte Jordan auf. Einfach so. Da musste ich wohl alleine durch.

Wenn nicht dieser komisch nasse Fleck voller Zungenbelag an meiner Decke in der Morgensonne geglänzt hätte. Niemand würde mir eine Begegnung glauben, für die violett gekleidete Laiendarsteller in der italienischen Hauptstadt von einem Weihrauch-Rausch in den nächsten schwankend ihre goldbestickten Mützchen verwetten würden. Ich glaubte das ja irgendwie auch nicht. Mein Vermieter hatte mich schon öfters so in Wallung gebracht, dass ein Sprung an die Decke noch die leichteste Reaktion schien. Und vielleicht handelte es sich hier um ein Post-Tokaier-Trauma, und vielleicht hatte das alles mit dieser dicken Zigarettenverkäuferin zu tun. Andererseits: Würde die nicht eher in Unterhosen (igitt) vor mir stehen (ohje) und leicht mit den Hüften wiegend (genug) um einen Frühstückskaffee bitten?

Aber nein, auch dickliche Zigarettenverkäuferinnen pflegen morgens nicht in einem schwebenden Lichtkegel zu stehen und Zungenspiele auf 2.30 Meter Basishöhe durchzuziehen.

Die nächste Idee: Noch einmal einschlafen. Nahe liegend. Aber eine schlechte Idee. Kein Auge wollte sich mehr schließen. Aufstehen. Ächzend erhob ich mich. Der Weg zur Dusche konnte nicht so weit sein. Rein in die Cleaning Area. Aha, da lag schon meine Unterwäsche und eine geleerte Flasche Restalkohol. Wodka. Ich trinke nie Wodka. Der liebe Gott wirds aber wohl nicht gewesen sein. Ein kurzer Späher über den Badezimmerrand ließ mich solo bleiben. Uff, niemand mehr zu sehen.

Ich war allein mit mir, diesem seltsamen Wecken, meiner Seepferd-Sammlung, dem letzten Rest Shampoo in einer fast schon ausgewrungenen Flasche, mit dem Blick auf einen sonnigen Tag durch mein Halb mit einem monströsen Büstenhalter verhangenen Fenster und der Dusche. Verdammt, wo war sie hin? Keine Frau mit mehr als 180 Kilo verlässt freiwillig ohne Büstenhalter eine Wohnung diesen Zuschnitts.

Weiter, die Dusche. Die genoss ich, die tat mir gut. Bloß kein kaltes Wasser auf die Schultern bekommen. Heiß und fest im Strahl, ja und ein wenig Kiwi-Shampoo. Ein Gruß from Down under und Christchurch. Ich lebte auf, ich vergaß Gott, ich erinnerte mich an den Wochentag: Sonntag. Schön, Tag von ihm. Irgendwie auch mein Tag. Ich würde die Welt umarmen. Ich trocknete mich ab, mir war nach Kaffee.

Ich ging in die Küche. Da lag sie, den Kopf im Waschbecken, schnarchend, nackend. Ein widerlicher Anblick. Und auf ihren wabbeligen Arschbacken konnte ich eine Tätowierung erkennen: Herw arth.

Mist.

michael straube: www.textdiebe.de/autoren/m_straube

Mittagspause <<
>> von Michael Straube

Schreiend stecken wir mal wieder mitten in einem schweren Wortgefecht, denn wenn es um die Raucherbeine geht, kennen wir keine Gnade. Hinzu kommen die Flüche der Spieler, die sich an den klingelnden Automaten zu schaffen machen. Nicht wegzudenken auch das hustige Gepaffe derer, die mit dem Essen fertig sind und sich schlapp zurücklehnen. Am geschwätzigsten sind diejenigen, die nichts gegessen haben und eine nach der anderen rauchen. Im übrigen schaut es so aus, als hielten sich die Trinker gegenseitig lauthals bei der Stange, die griffig um die Theke läuft, während der Wirt mühelos Gläser und Teller durchs Gedränge wuchtet.

Von Meistern also sind wir umgeben und nicht von Trotteln, obwohl der Krach auf letztere schließen ließe: ein gutes Klima für diese hitzige Debatte ums Rauchen und Trinken, aber es wird immer schwieriger, sich Gehör zu verschaffen, in der allgemeinen Gereiztheit der übliche Kampf ums letzte Wort, das niemals fallen wird. Und im Handumdrehen ist die Mittagspause unansehnlich geworden wie die

Reste auf den zurückgeschobenen Tellern, so daß wir uns bereits umzuschauen beginnen und die Hände zu reiben. Das heißt aber nicht, daß es zu irgendeiner Verständigung gekommen wäre. Im Gegenteil, die Blicke schweifen nur, um vielleicht ein letztes Opfer zu finden.

Anfangs ist es ja nur um die vielen Zigarettenpackungen gegangen, die vor uns auf der Theke liegen, bald jedoch sind wir bei den Raucherbeinen gelandet, auf denen hier schon so mancher zu stehen meint und gleich zum Beweis das Hosenbein hebt. Die heißeste Schmähung der heutigen Mittagsrunde: der poliert daheim schon seine Prothese! Wie haben wir da gelacht.

Aber schließlich ist auch der letzte verstummt, während der erste bereits auf die Uhr schaut. Ein Moment der Stille und der völligen Lustlosigkeit.

Erstarrt stehen sie da, murmelt der Wirt und sammelt die vollen Aschenbecher ein, während wir wie unter Glas aus unserer Stille heraus schauen und ganz unerwartet, doch überdeutlich, ein herzliches Zweimännerlachen vernehmen, das mit uns hier an der Theke nichts das geringste zu tun hat.

Da haben wir sofort die Köpfe gehoben und unsere Blicke ausgerichtet, gewissermaßen Witterung aufgenommen. Einigen juckt die bebende Nase.

Zu sehen ist etwas Neues, sozusagen ein Pausenknüller, der bis in den verhangenen Nachmittag hinein einen Gesprächsstoff abgeben könnte. Der Mann, der uns über einige inzwischen verlassene Tische hinweg gegenübersitzt, trägt eine auch seitlich dunkel geschlossene Brille und am Jackenaufschlag einen großen, gelben Knopf mit drei schwarzen Punkten darauf. Daneben, ihn mit halbem Rücken gegen uns abschirmend, sitzt der andere und hält die Hand des Blinden. Gelacht haben sie beide.

Jetzt ist es so still, daß manchem die Augen brennen. Das ist deutlich zu sehen: der hält nicht nur dessen Hand, sondern weiß mit ihr präzise etwas anzufangen, tippt an den einzelnen Fingern entlang und malt Zeichen und Zahlen auf die schmal hingestreckte Innenfläche, die er zwischendurch immer wieder tätschelt und liebevoll abklopft. Der Blinde und Taube nickt verständig, nickend lacht er, als sei es schon immer so gewesen, daß die guten Witze am besten in der hohlen Hand aufgehoben sind.

Das fördert unsere Ungeduld. Unser heftiges Schweigen hinüber ist wie mit dem Messer gezogen. Selbst als sie aufstehen, lassen die zwei nicht voneinander, denn der eine zieht den anderen, den Blinden und Tauben, wie ein folgsames Kind hinter sich her. Wir tun nur die nötigsten Schritte zur Seite, um denen Platz zu machen. Erst als sich die schmale Toilettentür hinter ihnen schließt, kommt wieder gewohntes Leben in die Bude.

Vergessen sind die blattweißen Raucherbeine und die teuer glänzenden Prothesen. Der Spruch des Tages zum Abschied: beigott, jetzt wird er ihm auch noch den Schwanz halten müssen! Eine Bemerkung, die bei unseren aufkreischenden Damen großen Anklang findet.

Wir ziehen es dennoch vor, das Weite zu suchen, ehe das Pärchen, wie wir die beiden von nun an nennen wollen, wieder auf der Bildfläche erscheint.

[textdiebe farbenlehre] variationen von

:türkis

türkis ist verblichen
türkis ist ungesund
türkis ist steril
türkis wie fake
türkis wie plastik

türkis wie milde
türkis wie heilung
türkis wie gebirgsbach

türkis wie nachahmung

claudia singer: www.textdiebe.de/autoren/singer

Rituale <<
>> von Claudia Singer

8:30 Uhr

Guten Morgen, Frau Singer, juble ich mir zu. Dies ist ein guter Tag zum Schreiben! Ich setze mich an den Schreibtisch und räume Zettel und Zeichnungen, Bücher und Blöcke von rechts nach links, in Schubladen, sehe meine Konto-Auszüge durch, lege sie schockiert zurück und ziehe die Kappe von meinem Füller. Gleich werde ich schreiben, das ist mein Beruf, das ist der Grund, warum ich so wenig Geld verdiene, dann soll es sich wenigstens lohnen. Lohnen insofern, als dass ich meine Zeit nicht einfach mit Dingen verbringe, auf die ich Lust habe.

Sondern mit Schreiben.

Tee. Erst mal: Tee. Ich überlege auf dem sekundenlangen Weg durch den Gang in die Küche (Staubflusen jagen über das Laminat), dass ich noch das Fenster mit Tesamoll abdichten sollte. Einen ajurvedischen Halswohltee, japanischen Oolong oder anthroposophischen Paradiestee?

Ich kippe Wasser aus dem Britta-Gefäß in den Wasserkocher.

Ich gieße das kochende Wasser über den anthroposophischen Paradies-Teebeutel in die chinesische Porzellantasse.
Ich stelle die digitale Eieruhr auf 4 Minuten.
Ich fülle Wasser in den Filter und stelle fest: Der muss
ausgewechselt werden. Ich sollte auch den Wasserkocher
mal wieder entkalken, den Tisch abwischen, die schiefe
Unterschranktüre justieren und ... „Halt!" höre ich eine
Stimme, die nicht aus meinem Inneren kommt, sondern
eher aus der Peripherie meines Ichs. „Ist Ihnen klar, was Sie
gerade tun?" Meine innere Stimme antwortet: „Sicher weiß
ich, was ich tue: Ich wechsle gerade den Filter aus, hole
dann den Schraubenzieher für den Schrank und..."
Darauf die periphere Stimme: „Sie wollten doch schreiben?"
Das Innere: „Von Wollen kann überhaupt keine Rede sein.
Von Sollen schon eher."
Die Peripherie: „Müssen?"
Inneres: „Müssen. OK." Sie sind sich einig.
Ich stelle die digitale Küchenstoppuhr auf 20 Minuten. Jetzt
muss ich sowieso warten, bis der Filter durchgelaufen ist,
da könnte ich doch noch schnell den Gang saugen.
„Tststs", höre ich beide Stimmen unisono.
Ich trolle mich also mit der Stoppuhr und der Teetasse in
mein Zimmer und zünde ein Räucherstäbchen an. Das Tele-
fon klingelt. Ich zucke zum Hörer, aber die äußere Stimme
faucht: „Wage es!" Ich zögere. Atme den süßen Duft des
Räucherstäbchens ein. Es klingelt zum zweiten mal. Die
innere Stimme sagt: „Du hast doch einen Anrufbeantwor-

ter." Die beiden sind sich schon wieder einig! Ich glaub's
nicht! Nach dem dritten Klingeln geht der Anrufbeantworter ran. Ich stelle ihn lauter, höre meine blecherne Stimme:
„Dies ist ein Anrufbeantworter. Sprechen Sie auf ihn. Das
mag er. Piep" Ein Atmen. Ein Klicken. Dann: Tutututuu.
Nein! Aufgelegt! So ein Mist! Hör nicht auf die Stimmen,
Claudia, weder auf die Äußere noch auf die Innere. Hör
nicht auf sie.
Wer sagt das?

11:45 Uhr
Ich habe zwei Seiten geschrieben. Wie machen die das, die
Romanautoren? So viele Seiten? Es ist ja nicht so, als hätte
ich noch nichts darüber gelesen. Ich habe Stan Nadolny
gelesen, Syd Field und diesen Amerikaner „Wie schreibt
man einen verdammt guten Roman", wie mache ich das,
wie geht das, der Weg des Künstlers, der Umweg des Anti-
Künstlers. Meine Lektüre-Liste zum Thema: „Schön und
viel schreiben leicht gemacht" reicht von hier bis Augs-
burg. Das sind 50 Kilometer. Wenn ein Buch-Titel in einer
Zeile steht und eine Zeile einen Zentimeter hoch ist, wie
lange wäre dann die Liste? Ich stehe auf und hole einen
Taschenrechner. Das wären 50 000 Bücher. Na ja. So viele
habe ich nicht gelesen. Es waren vielleicht fünfzehn. Also
eine Fünfzehn Zentimeter lange Liste. Von hier bis zum
Telefon. Wer könnte mich denn vorhin angerufen haben?
Ich nehme den Hörer und tippe die Nummer meiner Mutter
ein.

„Hallo?"

„Hallo Mama, ich bin`s. Hast du mich vorhin angerufen?"

Sie seufzt. „Nein."

„Ach. OK."

„Ja, tschüss Liebes."

„Tschüss."

Sie war es eigentlich nie, wenn ich sie anrufe und frage.

Das Telefon klingelt. Ich greife zum Hörer und drücke auf die grüne Taste: „Hallo?"

„Hi, ich bin`s"

„Hi! Ati! Hast du vorhin schon mal angerufen?"

„Nein, wieso?"

„Ngngh. Wär ich doch hingegangen! Was macht du gerade so?"

„Ach, ich bin in der Arbeit. Meine Chefin ist auf einem Termin und ich hocke hier nur rum. Magst du auf einen Café vorbeikommen?"

„Ach, eigentlich, ich wollte ja..."

„Wolltest du schreiben?"

„Ja, schon, aber..."

„Oh! Sorry, ich wollte nicht stören! Schreib weiter! Klasse! Tschaudann"

Klick.

„Hallo? Ati?"

Sie hat einfach aufgelegt. Wie rücksichtsvoll.

Ich gehe in die Küche. Mit den Füßen fege ich ein paar Wollmäuse zur Seite. Ich kippe Wasser aus dem Britta-Gefäß in den Wasserkocher. Ich gieße das kochende Wasser über den ajurvedischen Halswohltee in die chinesische Porzellantasse. Ich stelle die digitale Eieruhr auf 4 Minuten.

Wen könnte ich jetzt anrufen? Wer ist so wichtig, dass es ein Pflichtanruf sein könnte, also so öde, dass ich lieber schreiben möchte?

Der ajurvedische Tee schmeckt erbärmlich. Ich hätte Fabrikbesitzerin werden sollen, ajurvedische Teefabrikbesitzerin. Dann könnte ich jetzt das schlechte Ökogewissen Deutschlands terrorisieren statt mich selbst und würde mich dabei noch blöd verdienen. Ich gehe mit dem Tee zurück an meinen Schreibtisch.

13:30 Uhr

Ich habe noch nie so saubere Naseninnenwände besessen. Ich zerknülle ein Balsamtaschentuch und schiebe es in meinen Ärmel. Mein Tee ist alle.

Ich gehe in die Küche. Ich werde den Halswohltee noch einmal aufgießen. Der war so teuer, den kann man ruhig zwei mal benutzen. Ich kippe Wasser aus dem Britta-Gefäß in den Wasserkocher. Ich gieße das kochende Wasser über den Teebeutel in die chinesische Porzellantasse. Ich stelle die digitale Eieruhr auf 4 Minuten.

Auf dem Küchentisch liegt die Zeitung. Während er Tee zieht, kann ich ja das Feuilleton lesen. Ich blättere die Zeitung durch und entdecke interessante Artikel über den neuen 4er-Golf, Prinzessin Soundsos Nacktaufnahmen, Prinz William, der beim Kauf eines Kondoms erwischt wurde, eine Rezension von Kieseritzkys neuem Roman und wer in der

Bundesliga gegen wen spielt. Die Uhr piepst, der Tee ist fertig. Ich werfe den Beutel in den Müll. Ach. Den bringe ich jetzt auch noch schnell raus. Draußen regnet es leicht, ich ziehe also meine Stiefel an gehe hinaus, werfe den Müll in die Tonne. Frau Schwaiger geht gerade mit schweren Tüten die Treppen hinauf. Ich helfe ihr tragen, sie freut sich, will ein Schnäpschen mit mir trinken, ich schaffe es nicht, abzulehnen, und gehe 45 Minuten später zurück in meine Wohnung.

14:05 Uhr
Ich habe Hunger.

14:59 Uhr
Ich habe Mangold-Spaghetti mit Austernpilzen und Knoblauch gegessen und dabei Roseanne angeschaut. Die Espressokanne steht auf dem Herd. Ich schäume die Milch auf und gehe in mein Zimmer. Da liegt der Block auf dem Tisch, bescheiden, schlicht, der schwarze Füller daneben. Eine Packung Patronen. Mein Tagbuch. Der Monitor, die Tastatur, ein Buch über kreatives Schreiben, ein künstlerischer Comic, das ich nicht verstehe. Was für ein verklemmtes Arrangement.
In einigem Sicherheitsabstand vom Tisch zünde ich noch ein Räucherstäbchen an. Ich gehe hinüber zu Stereo-Anlage und überlege, ob Waldeck jetzt besser ist oder Iron Maiden. Oder doch Rabbi Abu Khalil. Die Entscheidung wird mir abgenommen, denn mein Nachbar hat sich ans Klavier

gesetzt. Oder ist es ein Bauarbeiter, der eine Metallstange dengelt und diese hohen Pling-pling-Töne erzeugt? Es gibt Situationen, in denen sollte man Menschen die Finger brechen. Sofort habe ich Schuldgefühle. Der nette Nachbar. Der gute Bauarbeiter.

17:48 Uhr

„Vor ihr kniend sagt er: `Bitte, ich war's nicht, ich hab deine Schwester nicht umgebracht' Aber Sibille hatte schon zwischen ,habe' und ,Schwester' die Waffe entsichert. „T" war der letzte Laut, den K. aussprach."

Nach diesen drei Zeilen fühle ich mich mies: Ich habe einen Unschuldigen hingerichtet. Das heißt: Nicht ich, sondern Sibille. Sibille benutze ich gerne zum Warmschreiben. Bei ihr weiß man nie.

[Wir sollten diese Textstelle nun alle gemeinsam laut lesen]

Mein Tee ist alle. Ich gehe in die Küche. Ich kippe Wasser aus dem Britta-Gefäß in den Wasserkocher. Ich gieße das kochende Wasser über den Teebeutel in die chinesische Porzellantasse. Ich stelle die digitale Eieruhr auf 4 Minuten. [Vielen Dank]

Diesmal brühe ich mir den Aldi-Himbeer-Zitrone-Tee auf. Der schmeckt nach Flutsch-Finger, dem Eis, das man früher immer mit „hi-hi" bestellt hat. Ich hätte Eis-Fabrikantin werden sollen. Dann könnte ich jetzt mit zweideutigen Eisnamen Pubertierenden in ganz Deutschland die Schamesröte ins Gesicht treiben, anstatt mich mit brutalen Figuren zu quälen.

Ich pfeife auf die vier Minuten und nehme den Tee mit in mein Zimmer. Auf dem Weg durch den Gang flieht ein Staubbällchen nach rechts. Ist eigentlich noch etwas von dem Rotwein da?

19:43 Uhr
Der Rotwein ist alle. Ich gehe in den Keller und hole eine neue Flasche. Im Fach neben dem Kühlschrank liegt ein Korkenzieher. Ich öffne die Flasche und gieße Wein in ein dickes Wasserglas.

20:57 Uhr
Ati ist da. [un' nu alle tschuschammen] Der Rotwein ist alle. Ich gehe in den Keller und hole eine neue Flasche. Im Fach neben dem Kühlschrank liegt ein Korkenzieher. Ich öffne die Flasche und gieße Wein in ein dickes Wasserglas. [dangge]

23.37 Uhr
Ati ist gegangen. Mir ist schlecht. Ich setze mich an den Schreibtisch.

02:54 Uhr
Ich bin aufgewacht. Oh je. Mein Kopf. Er lag auf der Tastatur. Den Text, den er im Schlaf erzeugt hat, werde ich morgen Korrekturlesen. Ich werfe mich auf meinen Futon und fahre ein wenig Karussell.

03:17 Uhr

Oh je. Ist mir schlecht. Ich gehe vorsichtshalber ins Bad und setze mich neben die Kloschüssel.

05:28

Ich bin aufgewacht. Oh je. Mein Kopf. Er lag auf der Klobrille. Ich werfe mich auf meinen Futon und fahre ein wenig Karussell.

10: 37 Uhr

Tee. Erst mal: Tee. Ich hoffe auf dem sekundenlangen Weg durch den Gang in die Küche (auf dem ich die Wollmäuse übersehe), dass mein Nachbar bald mit dem Klavierspielen aufhört. Ich kippe Wasser aus dem Britta-Gefäß in den Wasserkocher. Ich gieße das kochende Wasser über den Penny-Kamillen-Teebeutel in die Simpsons-Tasse vom Flohmarkt. Ich stelle die digitale Eieruhr auf 8 Minuten. Was für ein Tag. Ich sollte Schreiben.

michael g. beyer: www.textdiebe.de/autoren/beyer

Tempel <<
>> von Michael G. Beyer

Thomas hatte nicht mehr viel Zeit. Der Verkehrsstau in
der Stadt hatte ihn länger aufgehalten als geplant, also versuchte er mit seinem Ford Probe auf der alten Landstraße
einiges an Tempo vorzulegen, um noch rechtzeitig einen
wichtigen Termin wahrnehmen zu können. Plötzlich begann
ein kleines rotes Licht in den Armaturen aufzuleuchten.
Verdammt! Er hatte in der Eile natürlich vergessen zu
tanken.

Ausgerechnet das mußte ihm gerade jetzt und gerade hier
in dieser gottverlassenen Gegend passieren. Er kochte vor
Wut. Natürlich hatte er auch keinen Reservekanister voll
Benzin dabei. Und natürlich würde er bis zur nächsten
Tankstelle Kilometer weit laufen müssen. Sein wichtiger
Termin war also geplatzt. Mürrisch griff er zu seinem
Handy und begann, eine Nummer zu wählen. Plötzlich
hielt er inne, denn aus dem Augenwinkel heraus hatte
er hoch oben fernab der Landstraße eine ihm wohlbe-
kannte Gebäudeform wahrgenommen, welche er einige
Sekunden zuvor beim vorüber Fahren anscheinend nicht

bemerkt hatte. Eine Tankstelle. Erleichtert wendete er bei der nächsten sich bietenden Gelegenheit seinen Wagen.

Die kleine Tankstelle besaß vier Zapfsäulen und vor jeder von ihnen stand bereits ein Auto. Das Gelände schien ringsumher wie ausgestorben, keine Menschenseele war weit und breit zu sehen. Auch von den Fahrern der vier Autos fehlte jegliche Spur. Thomas wartete ungeduldig einige Augenblicke lang bei laufendem Motor, dann stellte er seinen Wagen ab und betrat das Tankstellengebäude, um nachzusehen, wo denn die Fahrer der anderen Wagen steckten. Schließlich hatte er es eilig.

Im Innern des Gebäudes war ebenfalls niemand zu sehen. Auch hinter dem Verkaufstresen stand kein Mensch. Verwundert und ein wenig ratlos schaute Thomas sich um. Irgendwo hier mußte doch einfach jemand sein, wenigstens ein Kassierer oder die vier Wagenbesitzer. Das ganze war fast schon absurd! Wütend öffnete Thomas die Tür mit der Aufschrift „Privat" hinter dem Tresen und trat ein.

In dem engen, fensterlosen Flur war es dunkel und stickig. Er war relativ verwinkelt und wechselte mehrere Male die Richtung bevor er schließlich am Ende in eine nach unten führende Treppe überging. Thomas stieg die schmalen Stufen hinab und folgte unten angelangt dem Gang, der sich vor ihm auftat. Dieser endete nach einer Biegung plötzlich und unerwartet vor einer Mauer.

„Was zum...?". Thomas mußte wohl an irgend einer Stelle

eine Abzweigung oder eine weitere Tür übersehen haben, war sich aber ziemlich sicher, eigentlich an keiner solchen Stelle vorbei gekommen zu sein. Entnervt machte er Kehrt und stieg die Treppe am anderen Ende des Ganges wieder hinauf.

Tatsächlich gab es oben im Flur eine ganze Reihe von Abzweigungen und Weggabelungen. Zu viele allerdings, als daß Thomas sie alle einfach übersehen haben konnte, als er zum ersten Mal dort vorbei kam. Etwas ging nicht mit rechten Dingen zu. Thomas beschloß keine der Gabelungen näher zu untersuchen und statt dessen einfach nur über den Flur zurück in den Verkaufsraum zu gehen. Dann würde er tanken, das Geld auf den Tresen legen und diesen Ort schließlich so schnell es geht wieder verlassen. Mit eiligen Schritten ging er auf die Biegung zu, hinter der die Tür zum Verkaufsraum lag.

Doch alles was er vorfand, war eine nackte Wand. Das konnte einfach nicht sein! Er hatte ganz sicher keine Abzweigung genommen, war nur stur dem Flur gefolgt. Es war ein leichtes gewesen, sich diesen Rückweg zu merken. Die Tür mußte ganz einfach an dieser Stelle sein!

Nervös tastete er die Wand ab, suchte nach Fugen, drückte dagegen und hämmerte schließlich mit seinen Fäusten gegen sie. Kein Zweifel, sie war massiv. Er kam sich plötzlich dumm vor und hielt inne. Thomas zwang sich nun dazu, ganz ruhig zu bleiben und nachzudenken. Alles hatte ganz sicher eine vollkommen logische Erklärung. In seiner

Eile hatte er geistesabwesend ohne es zu bemerken wohl eine Abzweigung genommen und die anderen ganz einfach übersehen. Ja, so war es sicherlich. Also würde er nun ganz einfach zurück bis zur nächsten Abzweigung gehen und danach ein wenig mehr darauf achten, welche Richtung er als nächstes einschlägt.

Thomas entschied sich für eine der Abzweigungen und hoffte bald auf eine Tür nach draußen zu stoßen. Ihm war die Situation denkbar unangenehm. Wie konnte man sich bloß in einem Tankstellengebäude verlaufen?! Er kam erneut an eine Biegung, einige Meter dahinter dann an eine weitere und wenig später an eine dritte und mit jeder Biegung wurde der dunkle Flur schmaler und seine Wände schmuckloser. Die karge Holzverkleidung war nacktem Beton gewichen. Schließlich tat sich nach einer weiteren Biegung eine große leere Halle vor ihm auf, ähnlich dem verlassenen Parkdeck einer Tiefgarage. Fassungslos griff Thomas nach seinem Handy.

„Suchen Sie vielleicht nach Ihrem Handy?" Thomas wirbelte aufgeschreckt herum. Er hatte den kleinen untersetzten Mittfünfziger, welcher plötzlich hinter ihm stand nicht kommen sehen. Auch die ängstlich wirkende, hagere junge Frau direkt neben diesem hatte er nicht bemerkt.
„Daran hatte ich auch bereits gedacht, doch die Mistdinger funktionieren hier drin einfach nicht!". Der untersetzte Mann zuckte beiläufig mit den Schultern.

„Aber vielleicht haben Sie ja mit Ihrem mehr Glück. Das könnte uns schon ein kleines Stück weiter bringen."

Noch immer ein wenig verschreckt durchsuchte Thomas seine Taschen, konnte jedoch kein Handy finden.

„Ich habe es wohl im Auto gelassen", erwiderte er leise.

„Das macht nichts." Der untersetzte Mann wirkte beinahe heiter. „Denn wie ich die Sache hier mittlerweile so einschätze, würde wohl sicherlich auch Ihr Handy nicht funktioniert haben. Hier drin herrschen ganz eigene Gesetze, und nichts ist wie es den Anschein hat."

„Ich verstehe nicht ganz. Von was reden Sie? Wer sind Sie überhaupt? Gehört das alles hier etwa Ihnen?"

„Oh nein!" Der untersetzte Mann machte eine abweisende Geste. „Entschuldigen Sie, ich glaube ich sollte mich wohl erst einmal vorstellen. Mein Name ist Peter Konrad. Und diese junge Frau hier heißt Sonja Reimann. Wir kamen wie Sie hierher, um zu tanken - fanden niemanden auf dem Gelände und im Tankstellengebäude - schauten uns darauf hin ein wenig genauer um - nun, den Rest dürften Sie ja sicherlich kennen."

„Soll das etwa heißen, Sie beide sitzen auch hier fest?"

„Ja, ganz recht. Wir zwei, und noch drei andere Personen, zwei Stockwerke über uns." Peter schmunzelte, als erwarte er von seinem Gegenüber nun einen Einwand auf das, was er gerade gesagt hatte. Thomas aber starrte ihn nur fragend an.

„Ja, ich weiß, welche Frage Ihnen jetzt sicherlich im Kopf herumgeht. Wie können die anderen sich zwei Stockwerke über uns befinden, wo das Tankstellengebäude von außen betrachtet doch nur aus einer einzigen Etage besteht?". Peter schien sichtlich amüsiert, als er sah, wie Thomas' Gesichtszüge ihn förmlich zu bestätigen schienen. „Ich glaube, es ist nun an der Zeit, Sie zu den anderen zu bringen, wo wir dann ein wenig über unsere Situation plaudern können."

Peter und die schweigsame Sonja führten Thomas zu einem Geländer am Rande einer Plattform aus Beton. Schmale eiserne Leitern waren an der Außenseite befestigt und führten nach unten sowie nach oben. Thomas beugte sich leicht über das Geländer um nach unten zu schauen. Erschrocken wich er schnell wieder zurück.

Die Leiter verband unzählige Ebenen miteinander, jeweils im Abstand von einigen Metern. An jeder dieser Ebenen war ein kleines Licht angebracht und von oben betrachtet konnte man schemenhaft gut 30 dieser Lichter ausmachen, bevor sich der Blick weit unten in der Unendlichkeit verlor. Thomas trat vorsichtig erneut bis an das Geländer und blickte nach oben. Dort bot sich ihm das gleiche Bild.

„Jede dieser Ebenen ist ungefähr 6 Meter von der darüber oder darunter liegenden entfernt", erwähnte Peter wie beiläufig. „und hinten sowie an den Seitenwänden ähnlich aufgebaut wie ein gigantischer Balkon. An dieser Seite hier befindet sich dann jeweils ein Geländer und diese durchgehende Leiter. Und nichts liegt gegenüber außer schwärzester Finsternis. Soweit man dies zumindest bei dem miesen Licht hier erkennen kann. Und egal, wie weit du nach unten oder nach oben kletterst, du erreichst nie ein Ende. Willkommen im Alptraumland!"

Sonja begann nun auf der frei liegenden schmalen Leiter nach oben zu klettern. Peter machte sich bereit ihr zu folgen und signalisierte Thomas, es ihm gleich zu tun. Diesem war die Leiter allerdings nicht ganz geheuer und er litt zudem unter Höhenangst, so daß er zögernd inne hielt und sich suchend nach allen Seiten umschaute.

„Was ist?"

„Dort hinten ist eine Tür. Wohin führt die?"

„Vergiß die Türen am besten ganz schnell wieder." Peter verzog das Gesicht. „Die verbinden wohl auch die Ebenen miteinander, aber die Räume dahinter sind nicht ganz normal und können alles mögliche bewirken. Zwei der anderen gingen hinein und einer von ihnen..."

Thomas drehte sich um und lief eilig in Richtung der geheimnisvollen Tür, welche er entdeckt hatte.

„Tu das nicht! Du wirst es bereuen!"

Doch er konnte die Worte von Peter nicht mehr hören, denn er war bereits hinter der Tür verschwunden.

Ein unnatürlich perfektes Weiß tat sich vor Thomas auf und er erkannte, daß die Wände links und direkt vor ihm damit gefärbt waren, so rein und beißend, daß er sich dazu zwang, seinen Blick unstet umher wandern zu lassen, um nicht schneeblind zu werden. Er machte ein paar kurze, vorsichtige Schritte vorwärts und schaute sich um. Der Boden, die Decke und alles zu seiner rechten waren schwarz. Ein

Schwarz, welches jeden noch so kleinen Funken Restlicht vollständig absorbierte. Dort, wo Weiß und Schwarz sich trafen, entstand eine scharfe Kante, wie von einer Rasierklinge.

Thomas spürte einen seltsamen Druck auf den Ohren. Er machte ein paar weitere Schritte vorwärts, diesmal ein wenig forscher um ein Geräusch zu erzeugen. Doch er hörte nichts. Er sprach etwas, konnte sich jedoch nicht hören. Er schnippte mit den Fingern, klatschte schließlich in die Hände. Kein Laut. Verschreckt betastete er seine Ohren, wackelte ein wenig mit seinen Fingern an ihnen, wiederholte schließlich das In-die-Hände-Schnippen. Nichts.

Er drehte sich in Panik um, bereit, den Raum schleunigst wieder durch die Tür zu verlassen, durch welche er ihn kurz zuvor betreten hatte. Ein langer Gang tat sich vor ihm auf, blendend weiß in gleißendes Licht getaucht. Am hinteren Ende konnte man in weiter Ferne schemenhaft die Tür ausmachen. Thomas begann zu rennen, doch je weiter und schneller er rannte, desto mehr entfernte sich die Tür von ihm. Wenige Sekunden später war sie vollkommen außer Sichtweite, der Gang schien nun unendlich lang zu sein. Thomas schrie.

Ein kalter Windhauch bahnte sich plötzlich seinen Weg durch die unnatürliche Stille und strich Thomas von hinten kommend durch sein Haar. Nur Sekundenbruchteile später erklang hinter ihm leise ein verzweifelter Schrei. Thomas wirbelte erschrocken herum. Er rief Worte, die er selbst nicht hören konnte, hinaus in die Finsternis welche vor ihm lag. Ein starker Wind blies ihm kurz darauf in sein Gesicht und er vernahm leicht verzerrt und leise eine Stimme aus weiter Ferne: „Ist da jemand?"

Es war seine eigene Stimme.

In Panik rannte er vorwärts, dann nach rechts, der schwarz-weißen Kante folgend, auf die kaum wahrnehmbaren Stufen einer steilen Treppe zu. In letzter Sekunde zwang er sich noch zur Vorsicht und bremste seinen Lauf, denn die schmalen, nach oben führenden Stufen waren nur auf einer Seite durch eine Wand begrenzt und schienen auf der gegenüber liegenden Seite ins bodenlose abzufallen. Beherzt fing er an dann damit an, vorsichtig aber rasch hinauf zu steigen. Je mehr Kraft er jedoch dazu aufwendete, die Treppe zu empor zu steigen, desto unkontrollierbarer und schneller wurden alle seine Bewegungen, bis er schließlich so schnell wurde, daß er das Gefühl hatte, sofort anhalten zu müssen, um die Kontrolle über seinen Körper zurück zu gewinnen. Dabei kam er jedoch aus dem Gleichgewicht und fiel mit reflexartig nach vorne ausgestreckten Armen auf die Stufen direkt vor sich. Jedoch konnten ihn seine Arme nicht halten, denn etwas schob ihn mit aller Kraft hinauf. Seine Hände rutschten ab und er fing an, sich zu überschlagen, fiel zuerst kopfüber, dann auf die Seite rollend auf die höher liegenden Stufen direkt vor ihm. Eine Kettenreaktion schien in Gang gesetzt und der absurde Sturz war nicht mehr aufzuhalten. Hilflos überschlug er sich immer und immer wieder und rollte – dabei fortwährend schneller werdend – in bizarr anmutenden Bewegungen die Stufen der Treppe hinauf.

Ganz oben angelangt kam die Bewegung schließlich zum Stillstand und er blieb regungslos am Boden liegen. Sein ganzer Körper schmerzte und es fiel ihm schwer, wieder aufzustehen. Benommen schaute er die Treppe hinab. An ihrem Ende führte sie auf die Unterseite des Weges, auf dem Thomas noch wenige Minuten zuvor aufrecht gestanden hatte. Von dort oben aus betrachtet allerdings, müßte ein Mensch schon mit Beinen und Füßen kopfüber hängend an der Decke befestigt sein, um sich auf diesem Weg aufhalten zu können.

Thomas wollte zuerst die Treppe noch einmal betreten, um seine Vermutung zu überprüfen, zog es dann jedoch vor, den Schlüsselbund in seiner Hosentasche zur Hilfe zu nehmen. Mit Schwung warf er diesen die Treppe hinunter. Dort, wo der Schlüsselbund schließlich auftraf, fiel er drei der Stufen hinauf und blieb dann liegen.

Peter und Michael stritten. Seit sie sich vor beinahe 24 Stunden hier an diesem seltsamen Ort zum ersten Mal in ihrem Leben begegneten, baute sich zwischen ihnen eine immer stärker werdende Spannung auf. Und von Zeit zu Zeit entlud sie sich bei immer geringer werdenden Anlässen.

Die anderen versuchten sich so gut es ging aus solchen Eklats heraus zu halten, denn niemand wollte in dieser unwirklichen, paradoxen Situation, daß die Dinge hier eskalierten.

„Du hast ihn einfach gehen lassen! Vielleicht weiß er mehr

als wir. Vielleicht weiß er – zum Teufel noch mal – wie wir hier wieder raus kommen!" Michael ereiferte sich sichtlich und lautstark, so wie man es dem kleinen, hageren und eher unscheinbar aussehenden Mann mittleren Alters rein äußerlich gar nicht zutrauen würde.

Peter lächelte nur verschmitzt – wie es so seine Art war bei Konfrontationen mit erhitzten Gemütern.

„Wenn er das ernsthaft wüßte, hätte er garantiert nicht eine der Türen geöffnet sondern wäre zurück in den Gang gelaufen."

„Aber du hättest wenigstens versuchen können, ihn aufzuhalten!"

„Wie denn? Etwa indem ich ihn einfach bewußtlos schlage? Wollen wir jetzt vielleicht damit anfangen, uns gegenseitig zu verprügeln, oder was?".

Michael schwieg und starrte Peter nur wütend an. Dieser begann kurz darauf damit, fortzufahren

„Ich finde wir sollten unsere bisherige Strategie beibehalten und geschlossen jede Ebene nach neuen Gängen absuchen. Wir finden dort sicher weitere Räume mit Nahrungsmitteln und brauchbaren Gegenständen. Noch gibt es keinen Grund zur Panik. Irgendwann in den folgenden Tagen wird man uns vermissen, nach uns suchen, und schließlich unsere Autos hier finden und uns befreien. Wenn wir bis dahin nicht vielleicht sogar selbst einen Weg nach draußen gefunden haben!"

„Ja glaubst du denn allen Ernstes , daß ,es' dies zuläßt?!".

Michael war schweißgebadet und blaß und seine Stimme begann mit jedem weiteren Wort mehr und mehr zu zittern. „'Es' spielt mit uns, bis wir alle draufgehen! ‚Es' wird bedrohlicher von Stunde zu Stunde. Vielleicht steckt der Neue sogar dahinter! Auf jeden Fall ist ‚es' nicht von dieser Welt!"

Peter hatte die Diskussion satt.

„Du bist ein verdammter abergläubischer Paranoiker! ‚Es' ist nichts anderes, als ein kleiner kranker Psychopath, der einen erheblichen Aufwand betrieben hat, uns hier drin mit komplizierten Tricks an der Nase herum zu führen. So etwas kann man nicht ewig verstecken! Man wird diesen Ort hier finden und uns hier heraus holen. Und bis dahin müssen wir einfach durchhalten und nicht anfangen, hysterisch zu werden, denn das ist vermutlich genau das, was dieser Mistkerl will!"

„Ja genau! Da sehe ich auch so!", meldete sich Klaus – ein älterer Herr in Anzug und Krawatte – zu Wort.

„Richtig! Wir müssen zusammenhalten und dürfen nicht damit anfangen, an Spukgeschichten zu glauben.", pflichtete seine Frau Ruth bei.

Michael fing vor lauter Anspannung an zu zittern.

„Aber ihr wart nicht hinter einer der Türen! Ihr wißt nicht, was dort mit dem Jungen passiert ist!"

Sonja, die bislang leicht apathisch nur in einer Ecke auf dem Boden gehockt hatte, stand nun plötzlich auf und begann wie wild, mit ihren Fäusten auf Michael einzuschlagen.

„Du durchgedrehter Bastard hast meinen Bruder getötet! Und jetzt versucht du uns alle mit einem Psycho-Geschwätz in den Wahnsinn zu treiben!"
Michael stieß die aufgebrachte junge Frau reflexartig zur Seite. Klaus und Ruth nahmen sich sofort schützend ihrer an und hielten sie davon ab, erneut auf Michael loszugehen, der nun in einer bedrohlichen Pose finster dreinblikkend auf sie zukam. Peter hielt ihn ruhig aber bestimmt zurück. Wortlos sahen sich beide einige Augenblicke lang mit wild funkelnden Augen an. Dann wurden sie von einem plötzlichen Geräusch abgelenkt, welches in einiger Entfernung hinter ihnen erklang.

Thomas ließ die Tür ins Schloß fallen und sank erschöpft zu Boden. Bis auf ein paar kleinere Blessuren am Körper und eine matte Blässe, welche sein Gesicht überzog, wirkte er vollkommen unversehrt. Lediglich seine Augen verrieten, was ihm tatsächlich widerfahren war. Dumpf und ausdruckslos starrten sie mit weit geöffneten Pupillen ins Leere. Er mußte Dinge gesehen haben, welche ihn beinahe in den Wahnsinn getrieben hatten.
Als Thomas erwachte, stellten die anderen ihm viele Fragen und er tat es ihnen gleich.
Er erzählte vom „Escher-Raum" und Michael bestätigte vieles von dem, was es über die seltsamen Phänomene dort zu berichten gab.
Die anderen erzählten Thomas, wie es sie hierher verschlagen hatte, und ihre Geschichten waren der seinen

verblüffend ähnlich.

Irgendwann kam man zu dem Schluß, auf diese Weise keine wesentlichen neuen Erkenntnisse zu gewinnen und man fing an, sich über persönliche Dinge zu unterhalten, um sich näher kennen zu lernen. Peter, welcher sich als das exakte berufliche Gegenteil von Thomas herausstellte – ein arbeitsloser Handwerker ohne jegliches Interesse an Erfolg oder Karriere – versuchte schließlich, dem immer stärker werdenden Hang aller Beteiligten zum Smalltalk entgegenzuwirken.

„Also Leute, wir kennen unsere Situation. Nichts hat sich verbessert, nichts hat sich verschlimmert. Ich schlage deshalb vor, wir suchen uns für die ‚Nacht' einen neuen ‚Real-Raum'".

Man hatte Thomas erklärt, was genau es mit den Gängen auf sich hatte, durch welche er selbst – wie auch alle anderen – zu diesem seltsamen Ort gelangt war. Er fand seine bisherige Vermutung bestätigt: Sie veränderten sich scheinbar willkürlich, sobald man ihnen den Rücken zuwandte. Was Thomas bislang jedoch noch nicht gewußt hatte: Sie verbanden auch unzählige Räume miteinander, welche oftmals bizarr anmutende Szenarien darstellten und vollkommen absonderliche Dinge enthielten, fast so, als seien sie alle Teile eines skurrilen Museums. Und – was am wichtigsten war – in ihnen fanden sich teilweise auch Nahrungsmittel.

„Aber wie können wir sicher sein, daß wir wieder zurück

zu einer dieser Terrassen kommen, wenn sich die Anord-
nung der Gänge ständig aufs Neue verändert?"
Peter sah Thomas unverbindlich an und zuckte mit den
Schultern.
„Sicher sein können wir nicht. Bisher war es halt immer so,
daß ein Rückweg recht einfach zu finden war."
„Also Risiko!"
„Genau. Risiko oder Hungertod."

Die folgenden Stunden verliefen wie zuvor besprochen.
Man blieb zusammen. Man durchsuchte die Gänge. Man
fand einen weiteren ‚Real-Raum' – die futuristisch anmutende Lebensmittelabteilung eines luxuriösen Kaufhauses.
Und man aß und trank Delikatessen aus aller Herren Länder
– inmitten einer reichhaltig verzierten, barock anmutenden
Zimmerdekoration in schillernden Gold- und Gelbtönen
und umgeben von üppig ausstaffierten Verkaufstheken.
Nein, diese Stunden verliefen sogar besser als erwartet. Nun
hatte man zum ersten Mal genügend Nahrungsmittel gefunden, um einige von ihnen auch mitnehmen zu können.
Nachdem sich alle ein wenig ausgeruht hatten und es an
der Zeit schien, wieder aufzubrechen, machte man sich
erleichtert daran, soviel Proviant wie möglich zu verpak-
ken. Unmittelbar nachdem der letzte schließlich den Raum
verlassen hatte, und sich kurz umdrehte, befand sich dort,
wo vorher noch der Eingang zu sehen war, nichts weiter als
eine Mauer. Sämtlicher zuvor sorgsam verpackter Proviant
hatte sich in feinen Sand verwandelt und rieselte nun aus

Taschen und Rucksäcken kommend zu Boden.

Michael, der sich seit dem Streit mit Peter wieder einigermaßen gefaßt zu haben schien, begann nun erneut damit, unruhig zu werden.

„Diese Scheiße hier ist doch nicht normal!" Er wandte sich Peter zu.

„Das hier sind doch keine Tricks mehr, man! Solche Tricks gibt's doch gar nicht! Willst du das nicht einsehen?!"

Peter zuckte relativ unbeteiligt mit den Schultern.

„Ich glaube auf jeden Fall nicht an Gespenster."

„Na toll, daß du so gelassen bist!" Michael wurde wieder laut. „Wer weiß, vielleicht steckst du hinter all dem hier und lachst uns alle aus, mit deiner scheiß gelassenen Art!".

Aufgebracht und mit bebender Stimme wandte er sich nun den anderen zu. „Vielleicht steckt ihr ja alle unter einer Decke und verarscht mich nur!"

Sonja bedachte Michael mit einem zornigen Blick. Doch bevor sie vielleicht wutentbrannt das Wort ergreifen konnte, hielt Peter sie mit einer beschwichtigenden Geste zurück und Thomas sprach statt dessen.

„Hört mal Leute, so kommen wir doch nicht weiter. Es bringt nichts, sich hier gegenseitig zu zerfleischen. Ich weiß zwar nicht, was das ganze hier soll, aber es muß für das alles hier eine logische..." Michael fiel Thomas jäh ins Wort.

„Was denn? Etwa eine ‚logische Erklärung'?"

„Ja"

„Verdammt, du warst doch auch in diesem Raum! Nennst du das vielleicht logisch?!" Michael schien vollkommen außer sich zu sein. „Scheiße, was rede ich überhaupt mit dir, ihr steckt doch ohnehin alle unter einer Decke. ‚Es‘ benutzt euch, um mich hier drin fertig zu machen." Michael warf den Kopf in den Nacken und verdrehte verstört wirkend die Augen.

„Seit dem Unfall verfolgst du mich. Warum? Es war nicht meine Schuld. Hörst du?! Ich habe keine Schuld!"

Thomas schien verwirrt und besorgt zugleich. Vorsichtig ging er auf Michael zu und berührte leicht dessen Schulter. „Was ist los? Geht es dir gut?"

Ein dumpfer Schmerz durchzuckte seinen Körper, als der Schlag ihn mit voller Wucht im Gesicht traf. Benommen taumelte er seitwärts und stieß gegen die Wand. Blut begann aus seiner Nase zu quellen und seine Zähne fühlten sich an, als könnten sie sich jeden Augenblick aus dem Zahnfleisch lösen und aus dem Mund fallen.

Michael war verschwunden. Nachdem er Thomas einen Schlag ins Gesicht versetzt hatte, lief er von Panik ergriffen davon.

Man hatte beschlossen, sich zu trennen, um in zwei Gruppen auf dieser Ebene nach Michael zu suchen. In Anbetracht der unberechenbaren Umgebung war diese Entscheidung niemandem der Beteiligten besonders leicht gefallen, die Situation jedoch erforderte eine Aufteilung der Gruppe. Klaus, Ruth und Sonja beschlossen daher auch zusammen in der Nähe der Terrasse zu bleiben, während Peter und Thomas weiträumiger nach Michael suchen wollten.

Dies ist ein Tempel. Geschaffen dazu, mich zu läutern. Auf ewig gefangen von der Kraft, die ich einst dazu mißbrauchte, ein junges Leben auszuhauchen. Berauscht von dem Gefühl, sie zu beherrschen, mit ihr schneller zu sein, als der Schall. Frei wie ein Vogel. Unbekümmert. Umgeben von einem schillernden Käfig. Blind für den Widerspruch.

Ja, es war nicht meine Schuld. ‚Es' hatte bereits Besitz von mir ergriffen. Und nun will ‚es' mich vernichten. Seinen Spielball, der aus der Bahn geriet.

Michael betrat einen weiteren Raum und befand sich in einer Toilette. Es gab einen Vorraum mit Waschbecken und Heißlufttrocknern und dahinter einen Raum mit mehreren Separées für die natürlichen Bedürfnisse. Eine perfekte Sackgasse. Michael wollte auf der Stelle umkehren, hörte jedoch entfernte Schritte, die schnell näher kamen und hielt inne. Eilig öffnete er eine Tür im Vorraum der Toilette, in der naiven Hoffnung, sich dort eventuell verstecken zu können. Es war eine Abstellkammer, gänzlich voll gestellt mit Putzutensilien. Hilflos verharrte er einige Augenblicke vor der geöffneten Tür der Kammer. Schließlich entnahm er ihr rasch einen Besen, einen Wischmob und einen Wassereimer und brachte alles schnell in das hinterste der Toiletten- Separées. Er zog hastig seine Jacke, Schuhe und

Socken aus, improvisierte mit ihnen und den Utensilien aus er Abstellkammer eine Art menschliche Attrappe und placierte sie so vor der Toilettenschüssel, daß sie nicht umfallen konnte. Sie war alles andere als perfekt. Doch sie konnte bei einem Betrachter in Eile, welcher hockend nur einen flüchtigen Blick durch den schmalen Spalt zwischen Fußboden und Tür warf, durchaus den Eindruck erwecken, innerhalb der Toilettenzelle befände sich eine Person. Dies zumindest hoffte Michael.

Er selbst versteckte sich in der ersten Zelle, welcher der Eingangstür am nächsten war, und wartete ab. Schließlich betraten Thomas und Peter die Toilette.

Patrick war 14 Jahre alt und Schüler der achten Klasse des Neustein-Gymnasiums. Er war ein kluger und aufgeweckter Junge, und der einzige Verdruß, den er seinen Eltern und Lehrern hin und wieder bereitete, bestand darin, daß er oftmals zu spät zum Unterricht erschien. Er hatte einfach nicht den Hauch eines Zeitgefühls und war auch sonst stets ein wenig zerstreut und unkonzentriert.

Wie so oft schlenderte er eines morgens auf dem Weg zur Schule unbekümmert und ohne jede Eile durch die Innenstadt und schaute sich dabei die Schaufenster der Geschäfte an. Er kam an einem Gebäude vorbei, an dem eine jener digitalen Anzeigetafeln angebracht war, welche abwechselnd die aktuelle Außentemperatur und Uhrzeit anzeigten. Sonnige 18 Grad – der Beginn eines schönen, vielversprechenden Sommertages. Kein guter Tag, um ihn in der

Schule zu verbringen. Man sollte lieber ins Schwimmbad gehen. Vielleicht, so hoffte Patrick, würde es bis zum Mittag so heiß werden, daß die Schulleitung Hitzefrei gab.

Die Anzeige sprang um. 7:58 Uhr.

„Oh nein! Ich bin schon wieder viel zu spät dran!"

Patrick begann auf der Stelle los zu rennen.

Es war Donnerstag und er war diese Woche bereits zwei Mal zu spät gekommen.

Patrick verließ die Fußgängerzone der Innenstadt und lief in die Rasen-Allee.

Nein, ein drittes Mal, und Herr Becker würde ihn sicher nachsitzen lassen. Er hatte durch einen dummen Zufall im Stundenplan fast immer in der ersten Stunde bei Herrn Becker Unterricht.

Er verließ die Rasen-Allee in Richtung Sportplatz. Nur noch am Sportplatz vorbei über die Industriestraße und dann links hinunter zur alten Luther-Kirche. Gleich hinter dieser Kirche lag die Schule. Kaum noch drei Kilometer und er hatte es geschafft. Patrick rannte wie der Teufel. Nicht umsonst hatte er in Sport eine Eins. Er war der zweit schnellste Läufer der Klasse.

Die Industriestraße.

Es war schon kurz nach Acht. Verdammt!

Patrick dachte an das zornige Gesicht von Herrn Becker.

Dann spürte er den Aufprall.

Die Rettungssanitäter hatten getan was sie konnten, doch die Verletzungen waren einfach zu schwer. Patrick starb bereits im Rettungswagen auf dem Weg ins Krankenhaus. Die Wucht des Autos, welches ihn mit etwa 65 Stundenkilometern erfaßt hatte, zerbrach sein Skelett in der Mitte förmlich in zwei Teile, welche lediglich noch durch das sie umgebende Gewebe und die Haut zusammen gehalten wurden.

Die Schuldfrage zu klären, hatte sich als nicht einfach erwiesen. Der Fahrer des PKW war eindeutig zu schnell gefahren. Der Junge jedoch war unachtsam und vollkommen unerwartet - zwischen zwei parkenden Autos hervor schnellend - auf die Fahrbahn gelaufen. Für beide Umstände hatte es Augenzeugen gegeben.

Irgendwann hatte dann ein Prozeß stattgefunden und es war ein Urteil gesprochen worden, welches dem Fahrer des Wagens seinen Führerschein und existenzbedrohend viel Geld kosten sollte. Doch die eigentlichen Folgen dieses Unfalls waren für ihn um ein Vielfaches verheerender und wurden ihm durch kein Gericht auferlegt. Er verspürte Schuldgefühle, welche ihn in ein psychisches Chaos trieben.

Michael begann zu zittern, als er spürte, wie sich zwei Personen der Toilettenzelle näherten, in der er sich oben auf der Toilettenschüssel hockend zusammen gekauert hatte. Er fühlte sich zutiefst elend. Sein Kreislauf stand kurz davor zusammen zu brechen und er schwitzte so stark, daß der Schweiß bereits begann, ihm von der Stirn herab in die Augen zu tropfen. Starke Antidepressiva und hochprozentiger Alkohol können gemeinsam konsumiert derartige Erscheinungen hervorrufen, gepaart mit einer Reihe halluzinogener Effekte, welche gewöhnlich nur mit harten Drogen in Zusammenhang gebracht werden. So stand es später zumindest im Polizeibericht.

Peter und Thomas machten keine Anstalten, die Separées zu durchsuchen. Sie drehten ihnen, ganz im Gegenteil, sogar den Rücken zu, um zu pinkeln. Etwas hinter den beiden fiel laut schallend zu Boden.

„Die Puppe!" Michael wurde ganz starr vor Schreck. Sie mußte umgefallen sein.

Peter ging zu der Zelle, aus welcher vermeintlich das seltsame Geräusch gekommen war, und öffnete sie, um nachzusehen.

Es war schnell, ließ sich förmlich auf ihn fallen und griff sofort nach seinem Hals. Wie ein Berserker drückte es ihm die Kehle zu und riß ihn zu Boden. Thomas reagierte rasch und geistesgegenwärtig und schlug mit beiden Fäusten auf es ein, zog es mit aller Kraft von Peter weg, so daß es unsanft in eine Ecke geschleudert wurde und daraufhin gänzlich auseinander fiel.

Thomas lachte lauthals, als er sah, mit was sie beide noch vor wenigen Augenblicken gekämpft hatten.

„Eine Jacke, ein Eimer und ein Besen? Wer hat sich denn diesen Unsinn hier ausgedacht?"

„Das Ding sah so verdammt echt aus, Gott ich könnte

124

schwören, es hat sich von ganz allein bewegt!" Peter wirkte leicht benommen und betastete mit einem gequält wirkenden Gesichtsausdruck seinen schmerzenden Kehlkopf. Er bemerkte, daß Thomas noch immer ein wenig grinste.

„Hör endlich auf zu lachen!"

Langsam richtete er sich wieder vom Boden auf.

Die Einzelteile des grotesken Golems begannen plötzlich von einem Eigenleben beseelt damit, sich wieder zusammen zu fügen. Peter und Thomas bemerkten dies allerdings zu spät. Gerade in dem Moment, als Thomas sich umdrehte, um den Raum zu verlassen, rammte es ihm die Finger in seine Augen.

Peter rannte. Er war, von nackter Panik ergriffen, einfach davon gerannt. Der vollkommen fremdartige und furchterregende Anblick, wenn einem Menschen beide Augen ausgestochen werden, hatte ihn spontan die Flucht ergreifen lassen.

Es hatte Peter jedoch schnell eingeholt, brachte ihn im Gang zu Fall und begann damit, wild und brutal auf ihn einzuschlagen. Schließlich ließ es mit einem Mal wie benommen von ihm ab.

Peter rappelte sich mit letzter Kraft auf und lief blutend und stolpernd davon.

Michael wollte nur noch kurz bei der Tankstelle eine Flasche Vodka besorgen. Die langen Abende und schlaflosen

Nächte wurden erträglicher damit. Dann kam der Flashback.

„Ist alles in Ordnung?", hatte ihn der Kassierer besorgt gefragt. Michael mußte ziemlich blaß ausgesehen haben, wirkte wohl ein wenig verstört.

„Ja, ist schon ok."

Er verschwand im Gang zu den Toiletten. Dort wusch er sein Gesicht, schloß sich in eines der Separées ein und schluckte sämtliche verbliebenen Tabletten. Doch um ihren allerletzten Zweck zu erfüllen, waren es zu wenige.

Er kam im Gang wieder zu sich. Seine Hände blutverschmiert, seine Kleidung völlig durcheinander und zerrissen.

Michael war zunächst orientierungslos, doch dann erkannte er die Tür vor sich am Ende des Ganges wieder. Der Tempel gab ihn endlich wieder frei!

Als er den Verkaufsraum betrat, wichen alle vor ihm zurück. Auf einer Trage liegend, umgeben von Sanitätern, erkannte er Peter, doch er schien ihm so fremd zu sein, als wären sie sich noch niemals zuvor begegnet.

Draußen vor dem Gebäude standen Polizei- und Rettungswagen. Neugierige Passanten versuchten einen Blick in das Innere der kleinen Tankstelle zu erhaschen, bevor sie von Polizisten dazu aufgefordert wurden, weiter zu gehen.

Dann postierten sich bewaffnete Beamte vor dem Gebäude und riefen - durch ein Megaphon verstärkt – Worte nach drinnen.

Michael ging teilnahmslos nach draußen.

Hier sollte es enden.

rené becher: www.textdiebe.de/autoren/becher

Schaffen wir zwei, drei, viele Franks? <<
>> von René Becher

„Dat is so geil", sagt Frank, steckt sich eine Marlboro an, dreht den Bass seiner Boom-Machine noch ein wenig höher, „dat is fast besser wie Ficken." Das Wort 'Ficken' sagt er so, als schösse ein Pfropfen aus einem engen Loch. Frank drückt seinen weinroten Opel Kadett in die Einfahrt der Tankstelle. Dann steuert er den Wagen Richtung Saug- station. Die dort Versammelten drehen sich um, als sie das Klopfen aus dem Wageninneren vernehmen. Sie ziehen die Hände aus ihren Hosentaschen, bewegen sich auf Frank zu, der mich, die Tür bemerkenswert zuschlagend, im Auto zurücklässt. Es sind drei junge Männer, die er nun mit Handschlag rituell begrüßt. Der Bass wummert immer noch, ich bediene den Lautstärkeregler, doch da dreht Frank sich schon um und brüllt durch die Frontscheibe: „Wat is los? Mach wieder lauter. Mach dich ma locker." Ich schnalle mich ab, steige aus dem Wagen, zünde mir eine Nil an.
„4er Boomboxen...High-Tech-Endstufe...Subwoofer...1A, bei Dr. Boom...", zählt Frank auf. Ich ziehe mein Notiz-

buch aus der Manteltasche, beginne eifrig mitzuschreiben, aber ich weiß jetzt schon, dass ich niemals mit dem Redefluss mithalten, geschweige denn, ihn auch nur ansatzweise verstehen kann. „Wieviel, Frank?" möchte einer der Männer wissen. Dann fallen Zahlen auf das Tankstellenareal, aufgedröselte, addierte, multiplizierte, unausweichliche. Ich sehe die beeindruckten Gesichter der jungen Männer. „Mensch, de Frank", sagen sie, aber auch: „Stolzes Sümmchen, Frank, nich ohne."

Frank hat es also tatsächlich geschafft. Vom Kinderzimmer direkt in die Prolloper. Von Null auf die Eins.

„Het me de Claudi zum Geburtstag jeschenkt", erläutert Frank.

Frank ist seit einem Jahr glücklich mit Claudia verheiratet. Er mag sie sehr, die Claudia, vor allem dann, wenn sie ihm die Fußspitzen massiert. Auch Franks Eltern, Annemie und Fred, haben die Schwiegertochter schon lange in ihre Herzen geschlossen.

„Seid'n tolles Paar, de Claudi und du, Frank. Und de klee Mädche?"

Die Claudia hat eine Tochter mit in die Ehe gebracht.

„Die Caroline? Heb ich echt gern, ja. Richtiche Schatz, wenn se mich immer so Papa nennt, dat jefällt me schon, echt", sagt der Frank und steckt sich noch eine Zigarette an. „Claudi het schon jesagt, dat se en klee Frank möcht", sagt der große und schmunzelt ein wenig dabei. Dann packt er seinen bulligen Körper halb auf den Fahrersitz, drückt und hantiert an der Anlage herum, fachsimpelt, die

Männer beugen sich zu ihm hinunter. Die Musik steigt an, vergröbert sich ins Dunkle. Das Metall gerät in Schwingung, die Jungs halten ihre Hände an die Lautsprecher und assoziieren das Ganze unisono mit 'Sex'. Sie sagen aber anders dazu.

„Meister, 'mer fahn", teilt Frank mir mit. „Wo musste hin?" fragt er, „ich heb noch zu tu. Wegen den Gemüseladen", Frank ist seit einigen Jahren Gemüsegroßhändler und macht sich nun selbständig, „also, wohin?"
Wir starten. Die Boxen nehmen mich von hinten und ich bin festgeschnallt. Frank fährt einhändig, entfacht eine Zigarette, bläst den Rauch Richtung Spiegel, in dem er sein fleischiges, zerfurchtes Gesicht wohlwollend zur Kenntnis nimmt, pfeift zur Musik des Karstadtsilberlings, das Handy klingelt, Frank geht ran, 'Ja?', kämpft er so gar nicht gegen den auditiven Krebs an, Frank, Mensch! du, mein Napoleon, denke ich. Dann hängt er das Mobiltelefon wieder in die Halterung. Er nimmt einen vernichtenden Zug von der Zigarette, beginnt zu husten, eruptiv, pfeifenkratzig, hält dabei die freie Hand vor den Mund, fährt mit dieser über seine Jeans. Im Zuge dessen versäumt er es nicht, sich in den aufgeplusterten Schritt zu greifen.
„Sie sind ja bekannt wie ein bunter Hund. Wie kommen Sie damit zurande?" Diese Frage werfe ich zwischen uns. Frank schneidet einen Wagen. Er hat sichtlich Spaß daran.
„Ich kann nich ma meh richtich pinkeln hier", antwortet er, „dat is schlimm, aber ich bin jetzt Prominent, da muss man

dat in Kauf nehmen, sach ich ma. Aber is schon schlimm."
Das Wort 'schlimm' sagt er so, als stürze ein Dreimannzelt
in sich zusammen.
Er beginnt wieder zu pfeifen.

Vor dem 'Crowne Plaza' steige ich aus. Ich danke für
das Gespräch. Frank klopft mir auf die Schulter, blickt
mich überlegen an und sagt: „Dat wird scho, Jung." Dann
drückt er den weinroten Opel Kadett vom Hotelvorplatz.
Das Bumpern und Dräuen verliert sich nach dem Vorfahrts-
schild, die Straße hinunter, in der Atmosphäre. Das Letzte,
was ich sehe, ist der Kenwood-Aufkleber. Ich muss jetzt an
den geplanten kleinen Frank denken. Gen would.
Im Hotelzimmer lege ich meinen Mantel ab, drücke die
Fernbedienung, schalte auf 'stumm'. Dann verteile ich
die vollgeschriebenen Notizzettel und die vielen photogra-
phierten Franks auf dem Schreibtisch, öffne die Minibar,
ziehe einen Schnaps, spüle ihn hinunter. Ich gehe aufs Klo,
muß mich dort übergeben. Drei-, viermal würge ich auf.
Das Halbverdaute flappt in die Schüssel. Es ist unangenehm. Ich bilde mir ein, ich röche den Vanille-Wunder-
baum, der in Franks Auto hin und her baumelt.

schaffen wir zwei, drei, viele franks? / textdiebe farbenlehre: türkis

[textdiebe farbenlehre] variationen von

:*grün*

grün wie dschungel
grün wie natur
grün ist fruchtbar
grün wie tee
grün wie gras

grün wie die hoffnung
grün wie hanf
grün wie gift
grün wie absinth
grüne fee

stefan wessel: www.textdiebe.de/autoren/wessel

Ein Tag mit Axel S. <<
>> von Stefan Wessel

Axel Schulz war betroffen. Er saß am Resopal-Frühstückstisch von Manfred Wolke und dieser erzählte ihm gerade vom tragischen Tod der Berliner Boxlegende Gustav „Bubi" Scholz.

„Weißt du Axel, der saß genau wie wir in seinem Häuschen beim Frühstück, aber er war allein, und da konnte ihm keiner helfen."

Während Manfred Wolke vor sich hin monologisierte nestelte Axel Schulz an seiner Premiere-World-Baseballmütze herum und überlegte, ob sein ex-Trainer geschrumpft war. Bald muss er auf einem Babystuhl sitzen, der Manfred, dachte sich Axel Schulz und grinste in sich hinein.

„Mensch Axel, stell dir det mal vor, an einem Bissen Schrippe erstickt, det is doch kein würdijet Ende, oder?"

„Nee Manfred." Seitdem Axel Schulz nicht mehr boxt ist er der ewig lustige Meister Proper vom Dienst. So wie er sich jetzt benimmt, kann man leicht nachvollziehen, dass er gegen Klitschko verloren hat, und Mike Tyson würde ihm wegen seiner Gute-Laune-Bär-Art jetzt wohl nicht mal mehr am Ohrläppchen lutschen.

Axel steht auf, setzt seine Mütze zurecht und eine Sonnenbrille auf, denn mit seinen zu Schlitzen verquollenen Augen sieht er immer noch aus als würde er jeden Moment „Adrian" schreien wollen. Axel ist zum Mittagessen bei Alfred Biolek eingeladen, diesmal privat. Der öffentlich-rechtliche Vorzeigeschwule Biolek gibt ein Essen für alle ehemaligen und zukünftigen Gäste, und die deutsche Winzergenossenschaft lässt durch diesen äußerst lukrativen Zusatzverdienst ihre Weinfässer vergolden.

Axel überlegt während der Autofahrt wie dieses Essen, privat wohlgemerkt, wohl werden würde und ob Biolek wohl einen Freund hat, den er zu Gesicht bekommen würde. Dass der Bio sich als schwul geoutet hat ist die eine Sache, aber sagt trotzdem wenig über sein Privatleben. Auf was für Männer Biolek wohl steht, eher jung und knabenhaft, alt und weise oder eher auf den knuddeligen bärigen Boxertypen? Auf einmal fühlte sich Axel Schulz doch ein wenig unwohl. Aber die wichtigere Frage, die sich ihm stellte, war: „Wer steht eigentlich auf Bio?" Man kann ja schwul sein, aber das bedeutet doch nicht gleich, blöd oder blind zu sein. Es wird ja wohl nicht der Traum aller Schwulen sein, einem kleinen, untersetzten, glatzköpfigen Nickelbrillenträger die Rosette zu vergolden, oder? Und da die Autofahrt doch ein wenig länger dauerte spann Axel seine Hirngespinste weiter. Als Ossi kannte er natürlich nicht die TV-Vergangenheit von Alfred B., was ja im Grunde genommen auch kein Verlust ist. Er kennt Bio nur als kochende und weinsaufende Labertasche. Ob es wohl ein einziges Gericht gibt, zu dem Bio keinen deutschen Weißwein (Viel besser als sein Ruf – Pinot Grigio ist ja vom Wort her das gleiche wie Grauburgunder, bloß dass der letztere besser schmeckt) trinkt?

Axel Schulz wurde aus seinem sportphysiologischen Wissen heraus bewusst, dass Alfred Biolek alkoholkrank war. Und was ihn am meisten störte war diese ungemeine Heuchelei. Der sonst so gutmütige Boxer wurde ein wenig fies. Er bekam unheimlich Lust, das nächste mal, wenn er von Bio eingeladen werden würde, ihm einen frischen Haufen Kuhscheisse auf den Teller zu klatschen, das als „Leipziger Allerlei" zu verkaufen und darauf zu warten, dass Herr Biolek mit seiner knarzig-nasalen Stimme sagt: Hmmm, herrlich, wunderbar! Mal im Ernst, es können doch unmöglich alle bei „Alfredissimo" zubereiteten Gerichte die lukullischen Höhepunkte des Abendlandes sein. Wenigstens ein oder zweimal hätte Bio doch sagen können: „Mensch Frau Herzog, bei aller Liebe, aber da fehlt doch eine Prise Salz." Oder: „Schumi, ich darf sie doch Schumi nennen? Irgendwie schmeckt dieser Eintopf nach Motoröl, waschen sie sich doch bitte das nächste mal die Hände.

Aber das war alles vor langer Zeit, inzwischen hat der ehemalige Weltklasseboxer Axel Schulz ja sein bäriges Fell gut zu Markte getragen und kann sich jetzt Moderator nennen, auch wenn es nur für eine unterstes-Niveau-Sendung mit dem bezeichenden Namen „Die dümmsten Sportler der Welt" ist.

ein tag mit axel s. / textdiebe farbenlehre: pink & grün

nina winkler: www.textdiebe.de/autoren/winkler

Die Verwechslung <<
>> von Nina Winkler

Daheim

Sie geht in das abgedunkelte Nebenzimmer und öffnet die Tür des Kastens. Mit einem leisen Knarren schwingt die Tür auf und Licht fällt in das Zimmer. Eine Wolke süßen Geruchs weht in das Zimmer, denn die Ventilatoren laufen auf Hochtouren. Ein Meer von grünen Blüten überflutet die Netzhaut, warm und sinnlich. Einen Moment muss sie blinzeln, dann haben sich ihre Augen an das Licht gewöhnt. Sechs Pflanzen stehen in dem Kasten, über einen Meter hoch. Sie befühlt die Blätter, spürt die Klebrigkeit und beschliesst, dass heute der Tag gekommen ist. Bei dem Gedanken an die bevorstehende Ernte schlägt ihr Herz ein wenig schneller, sie bekommt feuchte Hände und ein jubelndes Gefühl der Vorfreude breitet sich in ihr aus. Ganz unwillkürlich atmet sie tief durch und fängt an zu lächeln. An den Seiten des Kastens sitzen Geckos und grinsen sie freundlich an. Blüten fliegen aus dem Kasten, bunt und schnell, fast reissen sie sie mit in den Strudel des Weltraums.

Dann holt sie eine Schere, nicht ohne vorher Cypress Hill aufzulegen. Sie versenkt sich in den Vorgang des Erntens, während ihre Gedanken wie Gehirnsuppe an die Schädeldecke schwappen. Die Töne scheinen sie zu berühren, nah und hart, dann wieder bunt und weich.

Später, auf dem Sofa, spürt sie, wie anstrengend die Pflanzenarbeit war. Sie gießt sich ein Glas Rotwein ein und legt sich auf das Sofa. Ihr gehen viele Gedanken durch den Kopf, vor allem die Arbeit beschäftigt sie sehr. Seit sie diesen neuen Job angenommen hat, sind ihre Grenzen verwischt. Früher war ihr sonnenklar, was Recht und was Unrecht war, doch jetzt ist sie sich nicht mehr sicher. Ihr neuer Fall macht ihr zu schaffen, sie glaubt, die Lösung nicht zu kennen. Eine Woge des Unheils steigt in ihr auf und sie verbietet sich jeden weiteren Gedanken daran. Durch einen hastigen Schluck versucht sie, das Gefühl zu ertränken, das aus ihrem Bauch in den Kopf kriechen will. Wärme steigt in ihr auf, gefolgt von der eisigen Kälte einer Vorahnung.

Nach einer Minute der Kopfleere taucht sie wieder in ihr Bewusstsein und rollt mechanisch die Zigarette. Feuer glimmt auf, sie nimmt einen Zug. „Ich bin wieder da", hört sie ihn plötzlich hinter sich. Er war ganz leise gekommen, ohne ein Geräusch zu verursachen. „Was soll ich tun?", fragt sie ihn verzweifelt und er fährt sanft durch ihr Haar. Sie nimmt einen weiteren Zug der Verzweiflung und beruhigt sich, als der grüne Rauch ihre Lungenflügel berührt, fast augenblicklich. Seine Stimme wird zu einem Flüstern, sie hört einfach nur zu. Dann zieht es sie in die Tiefe des seligen Schlafes.

Als sie nach Hause kommt, ist sie heiter und gelöst. Die Pflanzen im Nebenzimmer haben den nötigen Trocknungsgrad erreicht und werden ein feines Blaubeer-Aroma haben, auf das sie sich schon lange freut. Achtlos fliegen Tasche und Mantel auf das Sofa, die Schuhe lässt sie an.

Das Herz hüpft ihr fast aus der Bluse, so sehr freut sie sich auf den ersten Zug. Ein Gedankenblitz an die Firma durchzuckt die Leere ihres freudenerfüllten Gehirns. Sie wundert sich ein bisschen, dass die Geckos sie grüßen, und noch nie hatte sie einen Gecko grinsen sehen. Schnell, schnell die Zigarette gerollt, was für ein tiefer Zug. Gerade hat sie noch das Sofa erreicht und streckt sich lang aus. Fünf Minuten für mich, bevor er heimkommt, denkt sie und schliesst die Augen. „Ich bin wieder da", hört sie ihn kommen. Wie aus dem Nichts taucht er auf und drängt sich in ihr Bewusstsein. Groß und mächtig, beängstigend dominant. Sie fühlt sich hilflos.

Sie öffnet die Augen. Irgendwoher kommt ihr ein Gedanke in den Kopf, ein Gedanke an die Unwirklichkeit der Situation. Dann das Gefühl. Mit einem Mal hat sie die tiefe Gewissheit, dass er gar nicht da ist, noch nicht einmal existiert. Geruch von Feuerholz beisst in ihrer Nase.

Dann sieht sie auf ihre Hände und bemerkt, wie alt ihre Hände aussehen. Das sind nicht meine Hände, denkt sie.

Die ganze Situation kommt ihr komisch vor. Irgendwas stimmt hier nicht, denkt sie, ich träume doch. Es ist, als ob sie einen Schleier wegzieht. Ja, ein Traum. Sie erinnert sich, sie ist im Urlaub. Aber wieso ist sie dann in ihrer Wohnung? Sie versucht, sich mit aller Macht zu konzentrieren, aber es gelingt ihr nicht. Sie öffnet die Augen. Sie streckt sich und blinzelt. Das Glas ist leer, denkt sie und steht auf. Der Fussboden fühlt sich wattig an, obwohl es Parkett ist. Sie taucht durch den Strudel der Nebenzimmertür, an den Geckos vorbei. Mit einem Mal sitzt ein Hund vor ihr. Hunde können nicht sprechen, denkt sie noch, als der Hund sagt: „Ich heisse, wie du willst. Nenn mich also Carlos." Sie spürt eine Freude in sich aufsteigen und folgt dem Tier, es will spielen.

Mexico

Vier Männer stehen um die Frau herum, sie hat Fieber. Glasige Augen und ein irres Lächeln, was einem das Blut in den Adern gefrieren lässt. Das Lagerfeuer brennt, die Männer haben rund um den Platz brennende Tonnen aufgestellt, damit keine Tiere an das Lager kommen.
Vor zwei Tagen haben sie sie gefunden, viel länger konnte sie nicht in diesem Zustand sein. Neben ihr eine Pfütze Erbrochenes, darin hatten sie Peyote-Stücke ausmachen können. Nicht gerade wenige. Aber Touristen verwechselten den Kaktus manchmal mit einer Frucht, die nichts als eine Frucht war.

Die Männer wussten, dass er sie besuchen würde, denn er zeigte sich in letzter Zeit gerne. Hoffentlich würde er nicht so lange mit ihr spielen, denn Touristen behielten häufig einen Dachschaden, wenn sie ihm unvorbereitet begegneten.

[textdiebe farbenlehre] variationen von

:*blau*

*blau wie meer blau wie himmel blau ist rauschen ist
fließen ist kühl blau wie gedanken blau wie freiheit blau
ist kalt ist see
blau ist nüchtern blau ist erkenntnis blau ist O2 blau ist
H2O blau ist die erde aus weiter entfernung blau ist klar
ist eine neue welt*

Syntax Error <<
>> von Rifail Ajdarpasic

Die Schienen sind verlegt und führen von einem unbekannten Ort zum anderen, zu allen Orten, alles vernetzt. Im
monoton dahintaktenden Zug sitzen und das Gefühl haben,
gleich ersticken zu müssen im Stimmengewirr... ohne Luft,
ohne Raum, am Rande einer Panikattacke.

Präludium.
Ist hier noch frei? Danke. So voll hier! Ich weiß gar nicht,
wo diese Menschenmassen alle hinwollen! (keine Ziele und
somit auch keine Endpunkte, wo man zur Ruhe kommen
könnte). Meinen Koffer stelle ich hier hin, neben mich.
Stört dich nicht, oder? Das gute Ding muß ich immer im
Auge behalten, ganz nah bei mir... (eine mobile Urne voller
Asche?). Es ist eine echte Herausforderung, seine ganzen
Sachen darin verstauen zu müssen! Unterwäsche und all
den anderen Kram für jeden Tag. Fahr dann mal für eine
Woche weg! Es ist verrückt! (aufkommende Irritationen,
die zu vorhandenen Mißverständnissen weitere hinzufügen.
Wer?). Gar nicht so einfach, aber ich lege sehr viel Wert auf

mein Äußeres. Man merkt das? Freut mich! Ich habe gleich gesehen, daß du auf meiner Wellenlänge bist (einen glatten Stein ins Wasser werfen, um die Stille zu stören). Wo kommst du her? Aus... (seit wann spielen Orte eine Rolle?). Kenne ich gut! Von wo genau? Gefällt mir! Ich bin gerne dort. Ich reise viel. Überall war ich schon... und was weiß ich wo noch alles! (Erinnerungen sind Zerrbilder des wirklich Eingetretenen). Ich habe viel gesehen. Aber ist ja auch normal, wenn man Kunst macht. Es ist ein schönes Land. Sauber und stilvoll. Ich mag das. Siehst du ja an mir. Ich stehe auf gute Klamotten. Manche Leute finden das zu extravagant, aber ich stehe dazu. Es ist wichtig, wie man sich anzieht. So wie ich mich anziehe, sieht man sofort mein Charisma und meine Intuition, wie soll ich sagen... meine Spiritualität (Schweigen ist die letzte Konsequenz von Unaussprechbarkeiten). Ich verachte Menschen, die sich wie Schatten anziehen und sich dann irgendwo hinsetzen und nicht einmal den Mund aufkriegen. Ich kann das nicht ertragen! Ich sage das dann auch oft und ecke an, aber das ist mir egal! Ich nehme keine Rücksicht darauf und sage es (inmitten eines filigranen Netzes von Beziehungen, das einen unsichtbar umgibt). Viele von den Leuten, die mich kennen, sagen ich sei einer rätselhaftesten Typen aus der ganzen Szene (Nahaufnahme). Das hätten sie noch nie gesehen! (Hardcore-Sequenzen eines filmischen Trips). Was du anhast, steht dir gut. Du hast eindeutig Geschmack. Es macht nichts, daß es nur Jeanshosen sind! Es paßt zu dir! Heute haben die Jeans wieder einen guten Schnitt (ein

Teppich voller Zeichnungen, die in den Raum streben). Schlimm war es in den Achtzigern! Eine grausame Zeit! So etwas würde ich niemals anziehen! Ich wäre da einem ästhetischen Kollaps nahe! (Augenblicke, wenn Selbstdefinitionen ihr hermetisches System verlassen müssen, um mit unkalkulierbaren Situationen fertigzuwerden). Ich persönlich mag Plastik. Eigentlich Kunststoff jeglicher Art. Ich finde das praktisch. Leicht zu pflegen. Viele denken deshalb oft, ich sei schwul (Überlagerungen von Projektionen, bis der Hintergrund unkenntlich wird). Ich habe nichts gegen Schwule! Im Gegenteil! Vorallem wenn ich da an manche Frauen denke! (wahrnehmbare Dissonanzen im melodischen Kontinuum).

Crescendo.
Manche sehen verboten aus! Da würde ich mich lieber in Männer verlieben! Aber es sind nur Beobachtungen, die mich nicht beeinflussen. Alles voll unter Kontrolle! Als spiritueller Künstler muß man die Kontrolle behalten können. Viele sind eben noch nicht so weit und stören sich an banalen Äußerlichkeiten. Aber so geht es vielen Künstlern (in einer aufregenden Tierdokumentation wurde die Leit-Hyäne vom Löwen gerissen). Ich weiß nicht, ob dir der Begriff „Dandy" was sagt...(Krokodile? Bildlich verseucht). Das waren Leute wie Novalis oder Baudelaire. Die haben sich bewußt modisch und luxuriös gekleidet, obwohl sie wußten und sahen, daß es Armut gibt. Aber sie hatten etwas zu sagen! Und sie sagten es auf ihre Weise! Eben

Romantiker! So wie ich! Niemand versteht sie so richtig. Viele halten sie auch einfach für Träumer. Klar haben sie geträumt! So wie alle! Aber man hat ihnen unterstellt, daß sie total abgedreht seien! Dabei waren sie Träumer, die fest in der Wirklichkeit standen (wenn ich dich berühre, wen spüre ich dann?). Das Interessante ist, daß selbst sie sich über den Begriff der Romantik lustig gemacht haben! Bloß nicht in diese oder jene Schublade gefangen sein. Ich kann das verstehen (Geisterbeschwörungen und verhallte Stimmen aus einer anderen Welt). Das, was ich gerade erzähle, können auch nur Künstler verstehen. Das kann man nur über die Intuition und nicht mit dem Verstand erfassen! Ich lese gerade ein Buch von Novalis. Ich könnte dir ein paar Sätze daraus vorlesen. Wir haben ja viel Zeit (Tarzan fragte Jane, mit dem Blick auf den Steindschungel New Yorks, warum es diesen Menschen wichtig sei, Zeit zu gewinnen. Cheetah sagte nichts). Aber wo habe ich es bloß...? Im Koffer, oder... Macht nichts! Später vielleicht! Es ist absolut verworren! Fast wie bei Kafka! Kennst du Kafka? Das war einer der bedeutensten Schriftsteller überhaupt (Labyrinthische Verzweigungen, die geradewegs zum Rachen des Minotaurus führen). Total mystisch und spirituell! Für diesen Schriftsteller gibt es keine feststehende Interpretationsweise. Eine Ausnahme. Ausnahmen gibt es überall (evolutorische Prozesse, die man erst versteht, wenn sie abgelaufen sind und man vielleicht merkt, daß man auf der Strecke geblieben ist). Ich bin auch eine Ausnahme. Vor einigen Jahren hatte ich eine Band, die hat alles abgesahnt, was es zu holen gab. Als ich dort noch Percussion gespielt habe, waren wir unschlagbar. Aber dann hatte mir eine meiner Ex gesagt, ich sollte da abhauen (in einem Umfeld ohne jegliche Fixpunkte, verliert man an Glaubwürdigkeit). Sie hatte so eine spirituell-magische Ader und spürte da immer etwas Negatives. Ich spürte das auch, aber nicht so intensiv wie sie. Ich bin dann auch abgehauen. Das irre daran war, daß die Gruppe danach überhaupt keinen Erfolg mehr hatte. Es gab zwar eine fette Tornee mit viel Equipment und Show, aber es brachte nichts. Sie hatten sich einen neuen Schlagzeuger kaufen müssen, um mich zu ersetzen. Aber es war einfach kein Saft mehr da! (energetische Umwandlungen). Danach habe ich mit Leuten, die mich kennen gesprochen, und sie meinten, da sei etwas beinahe Dämonisches an der Gruppe. Wenn du sie siehst, dann glaubst du das auch. Mit Sklaven auf der Bühne! Natürlich bezahlt! Das macht ja niemand freiwillig! Es ist verrückt! Ich kenne mich in der Musikszene wirklich gut aus. Ich kenne jede Band und jeden Song aus den letzten zwanzig Jahren, aber so eine Musik spielt bis heute niemand außer ihnen! Und ich habe schon viel gesehen und gehört! Sie sind die einzigen. Total abgedreht! Ich habe da aufgrund meiner Intuition reagiert. Intuition ist das wichtigste! (Ödipus schlief mit seiner Mutter, weil er mitunter glaubte, sie zu lieben).

Decrescendo.
Aber ich sehe, du bist auf dem richtigen Weg. Du bist zwar

jung, aber auf meiner Wellenlänge. Ich sehe so etwas. Ich treffe ganz viele Menschen, die auf meiner Wellenlänge sind. Alles spirituell-intuitive Menschen! Überaus interessant! Als ich jünger war, da mußte ich das Vertrauen in die Intuition auch erst einmal lernen. Aber während meiner Lehrzeit habe ich die Kunst niemals verraten! Niemals, obwohl es manchmal hart war! Glaub mir, ich würde mich lieber erschießen, als meine Ideale zu verleugnen! Lieber erschießen oder hungern! Gehungert habe ich auch schon mal, weil ich mich entschlossen hatte, geistig zu arbeiten. Das ist das Wahre! Acht Jahre habe ich nur geistig gearbeitet, weil ich es so wollte. Das geht auch, wenn du genügend Leute kennst! (die christliche Gemeinde wartete geduldig auf die Apokalypse, aber sie kam nicht). Die laden dich dann zu einem Drink ein, oder du kannst mitessen. Ich saß nur im Café mit meinem Buch! Ich besitze viele Bücher. Ich besitze sehr viel! Vorallem Bücher! Früher habe ich wie ein Irrer Bücher gekauft! Kistenweise! Zum Teil richtige Schnäppchen! Ich mußte gar nicht mehr raus, um zu lesen! Aber dann habe ich meine Wohnung leider aufgelöst und bin weggezogen. Jetzt sind die ganzen Bücher in Umzugskartons verteilt und bei Freunden, die noch Platz hatten (fragmentarischer Masochismus). Mit der Zeit habe ich es geschafft. Ich habe eine recht hohe Position mit viel Verantwortung und verdiene nebenbei gutes Geld. Ich kann mir meine Zeit frei einteilen und nutze diese Möglichkeit auch freizügig, obwohl mein Chef das manchmal anders sieht. Aber das macht mir gar nichts aus! Ich habe keine Angst!

Vor nichts und niemandem! Knast! Was ist das schon! Da gehst du rein und kommst auch wieder raus! Leute, die mich kennen, sehen mir in die Augen und können gar nicht glauben, wenn ich ihnen das sage (auf Selbstmord steht lebenslänglich?). Viele denken auch, ich sei arrogant. Ich wirke auf den ersten Blick vielleicht so, aber ich bin es nicht! Früher, da war ich es vielleicht, aber man ändert sich, wenn man merkt, daß man ohne Sicherheiten auskommen kann. Ich brauche keine Sicherheiten! Mich interessiert das gar nicht! Rente und anderes Zeug! Meine Mutter erzählt mir von Altersvorsorge und ich denke, sie hält mir einen Nähkursvortrag! Ich lebe gut und der Rest kümmert mich auch nicht weiter (das Paradies ist vor der Tür und hat einen englischen Rasen). Wie alt bist du eigentlich? So jung? Ich hätte dich älter geschätzt! Eine meiner Ex war auch so jung, obwohl sie älter aussah. Wie alt schätzt du mich? Ich bin da nicht empfindlich! Im Sommer fünfunddreißig. Gut gewachsen für mein Alter, was! Ich bin zwar fünfunddreißig, aber mit meiner Lebenserfahrung schon um einiges weiter. Jung geblieben! Musik hält eben fit! Ich liebe Musik! Es ist wie eine Droge! Da brauche ich keine anderen! Ich höre beispielsweise in manchen Klängen viel mehr als andere. Manchmal komme ich mir wie auserwählt vor! Sie versetzten mich in einen spirituellen Zustand! Fast mystisch! Wie im Rausch! (im Interview war das Statement zur weltweiten Legalisierung von Marihuana im Schriftbild hervorgehoben).

Finale.

Beim nächsten Halt muß ich leider aussteigen. Dort treffe ich einen Bekannten, auch ein spiritueller Typ wie ich. Ich kenne nur solche Typen! Er hat eine unglaublich hohe Stimme. Wenn man ihn reden hört denkt man, daß mit seinen Stimmbändern etwas nicht in Ordnung sei, aber es ist alles in allerbester Ordnung. Er macht das wahrscheinlich nur, um sich einen femininen Touch zu geben (konnten Kastraten wirklich ohne Hoden leben?). Zu dem habe ich Vertrauen... Ich hoffe, ich treffe mich bald wieder...irgendwo.

syntax error / textdiebe farbenlehre: violett & blau

Abfahrt <<
>> von Bastian Storzer

bist gut drauf heute abend
hast keine Ahnung
was du machst
immer den Schein wahren
wie einen warmen Mantel
nur darunter sind wir wir
und laufen versteckt
ich ruf dich an
hast du gesagt
und wieso
wenn du es doch nicht tust
denke ich und sage nicht
denn manchmal
sind Worte vielleicht was wert

bist gut drauf heute abend
*echt ja toll
hast keine Ahnung
was du machst
immer den Schein wahren

bastian storzer: www.textdiebe.de/autoren/storzer

wie einen warmen Mantel
nur darunter sind wir wir
und laufen versteckt
*ja dir auch
*wie geht's
*klar Mann
ich ruf dich an
hast du gesagt
und wieso
wenn du es doch nicht tust
denke ich und sage nicht
denn manchmal
sind Worte vielleicht was wert

bastian storzer: www.textdiebe.de/autoren/storzer

Worte und Taten <<
>> von Bastian Storzer

höre ich es am Stadtrand
oder auch mehr im Zentrum
ist egal wo auch sonst
die Melodie verändert sich nicht
du siehst es gleich
oder lässt es auch
willst dich aufbäumen
aber der Zweck fehlt
lass es wie es ist
denkst du dir
manche brauchen das
das was du hasst
und nicht verstehen wirst
oder doch
Werbung nicht erlaubt
sagt sie
sie weiss es

Ein Wochentag <<
>> von Bastian Storzer

Sonntag abend
es regnet
die Strassen fast leer
die Tankstelle ist offen
aber sie ist immer offen
Martin Blumenaus Stimme
deprimiert das Radio
ich mache mich auf
um einen Ort zu finden
an dem ich einsam
unter Menschen sein kann
öffne die Tür
trinke etwas Heisses
nehme ein Buch
wie mein Gefühl
und denke
es ist ein guter Tag

>> Schellingstraße
von Bastian Strozer <<

sie sitzt schon dort
wartet auf mich
normal bin ich
immer früher da
und jetzt
ein kleines Lächeln
meine Welt
aus den Fugen
in den Gleisen
die ich mir wünsche
habe schon viel gesehen
denke ich in meiner Euphorie
die jetzt
die Grenzen überschreitet
die ich selbst gesetzt habe
um mich nicht zu erdrücken
in dem kleinen Raum
der immer grösser wird
manisch ist das Leben
um dann wieder abzurutschen
wenn alles
anders kommt

Engel <<
>> von Heiko Paulheim

„Wir können ja verstehen, daß Sie sehr aufgewühlt sind, Frau Berger. Aber mehr können wir im Moment wirklich nicht für Sie tun."

„Aber irgend jemand muß doch etwas gesehen haben."

„Wir werden selbstverständlich unser Möglichstes tun, um Zeugen zu finden. Aber haben Sie doch bitte Verständnis dafür, daß wir zumindest im Moment nichts für Sie tun können."

„Aber..." Johanna schluckte mühsam ihre Tränen herunter.

„Frau Berger. Kommen Sie. Wir bringen Sie jetzt nach Hause, Sie legen sich ein paar Stunden hin, und morgen früh werden wir uns bei Ihnen melden und noch einmal in Ruhe über alles sprechen. Sie brauchen jetzt erst einmal Ruhe, glauben Sie mir."

Sie hatte diesen Dialog schon einmal gehört, aber sie konnte nicht sagen, ob das in dieser Welt gewesen war.

„Datei Speichern!"

„Programm Beenden!"

Ihre Stimme klang so monoton, als wollte sie sich der Maschine, die sie steuerte, anpassen. Man konnte fast meinen, sie sei mit ihrem Computer zu einer einzigen Arbeitseinheit verschmolzen.

„Herunterfahren!"

Mit einer umständlichen Bewegung legte sie ihr Headset ab und schloß für einen kurzen Moment die Augen. Daran, daß sie ihre Hände einmal richtig hatte benutzen können, konnte sie sich nur dunkel erinnern. Es gab nur wenige Bilder aus Ihrer Vergangenheit – wie sie ein Puzzle zusammengelegt hatte, wie sie ihrer Lieblingspuppe die Haare gebürstet hatte, oder wie sie einmal zusammen mit ihrer Schwester Vanessa einen Turm aus Bauklötzen bis zur Decke gebaut hatte. Sie konnte ihre Finger fast gar nicht mehr bewegen, nur einfache Greifbewegungen waren ihr möglich, und diese auch nur mit der linken Hand.

Manchmal dachte Johanna, daß sie es alles in allem gar nicht so schlecht getroffen hatte. Schließlich hatte sie einen Job gefunden, der gar nicht so schlecht bezahlt war, auch wenn sie bei den meisten Arbeitsämtern sicherlich als hoffnungsloser Fall gehandelt worden wäre. Sie aber war nie arbeitslos gewesen.

Zwar war ihre Arbeit mit großer Sicherheit moralisch ein wenig fragwürdig, doch verschwendete sie so gut wie nie einen Gedanken daran. Was war schon dabei, wenn man, um Daten zu sammeln, einige private Emails auswertete oder die Bilder von Webcams, die meist ohne das Wissen der Beobachteten installiert waren? Von da an war Johanna nur Protokollantin, eine Datentypistin, die Datenbanken fütterte, von denen sie weder Zweck noch Ausmaß kannte. Sie konnte nicht ahnen, daß sie einer der unzähligen Saugnäpfe am Arm eines Kraken war, der im Begriff war, nach und nach die ganze Welt zu umschließen. Was hatte sie sich also vorzuwerfen?

Außerdem lebte Johanna in einer Wohnung, die in Ausstattung und Größe das, was sich ihre Altersgenossinnen leisten konnten, bei weitem übertraf. Des weiteren war die Wohnung sehr gut auf die speziellen Bedürfnisse, die aus ihrer Behinderung erwuchsen, ausgerichtet. Johanna liebte ihre Wohnung. Ihre kleine Welt.

Ihr Arbeitgeber stellte ihr einen PC mit Spracherkennung, die dem neuesten Stand der Technik entsprach, zur Verfügung, und sorgte darüber hinaus für einige Annehmlichkeiten, die ihr das Leben trotz ihrer Behinderung recht einfach machten. Anfangs hatte sie sich gesträubt, mit ihren zweiundzwanzig Jahren Essen auf Rädern geliefert zu bekommen, aber bald hatte sie eingesehen, daß es für sie nun einmal wahnsinnig kompliziert war, eine warme Mahlzeit zuzubereiten. Hinzu kam, daß das Essen von einem Privatunternehmer geliefert wurde, daß es meist wirklich gut war und sogar ihre persönlichen Vorlieben und Abneigungen berücksichtigt wurden, und nicht zuletzt, daß sie sich in das Lächeln von Tom verliebt hatte.

Heute war ein guter Tag gewesen. Sie war schnell vorangekommen, hatte gegen halb zwölf schon einen großen Teil ihres Arbeitssolls erfüllt gehabt und sich eine extra lange Mittagspause gegönnt, die sie in der Hängematte auf ihrem sonnigen Balkon verbracht hatte. Sie hatte einfach nur dagelegen, genossen, wie die Sonnenstrahlen ihr Gesicht und ihren Bauch gewärmt haben, die Augen geschlossen, die Gedanken frei in der Luft umherschwirrend. Sie hatte an ihre Eltern gedacht, daran, wie sie oft Minuten unter Schmerzen zubrachte, um ihre Briefe zu öffnen, und doch immer glücklich war, wenn der Briefträger einen brachte. Briefe waren das einzige, was sie mit ihren Eltern in Verbindung hielt.

Von Zeit zu Zeit fragte sie sich, was sie wohl wirklich über ihre Eltern wusste. Wenn sie schrieben, daß es ihnen gut geht, daß alles in Ordnung sei – manchmal glaubte sie, sie schrieben das nur, damit sie beruhigt war, und daß sie ihr verschwiegen, wenn es Probleme gab, nur, damit sie ihr kleines Leben unbeschwert und frei von Sorge führen konnte. Schon als sie noch ein kleines Mädchen war, hatten sie immer versucht, alles Unheil von ihr fernzuhalten und sie vor allen Gefahren zu beschützen. Sie hatten sie regelrecht zur Unselbständigkeit erzogen, ohne es zu wissen und zu wollen. Welcher Hohn des Schicksals!, dachte sie zynisch, daß ich mir selbst mit zweiundzwanzig noch das Essen bringen lassen muß.

Tom war heute außergewöhnlich spät dran. Meist stand er um zehn vor acht vor der Tür, und meist wartete sie schon eine halbe Stunde vorher sehnsüchtig auf das Klingeln. Jetzt zeigte der Radiowecker schon eine Minute nach acht, und Tom war immer noch nicht hier.

Als er am Mittag das Essen gebracht hatte, hatte sie wie immer nur verlegen dagestanden und kaum ein Wort herausgebracht, und auch wenn sie es nicht mit Bestimmtheit wusste, glaubte sie, daß sie über die gesamte Zeit, die sie sich gegenüberstanden, ein rotes Gesicht hatte. „Bis heute abend dann!", hatte er gesagt, und dabei sein zuckersüßes Lächeln aufgesetzt, und sie hatte (vielleicht etwas übertrieben) zurückgelächelt und mit einem Kloß im Hals irgend etwas entgegnet, das sie eine Sekunde später auch schon wieder vergessen hatte.

Manchmal fand sie ihr Verhalten unglaublich albern, wie das eines Teenagers, schließlich kannte sie Tom kaum und seinen Namen auch nur von seinem Namensschild. Thomas Brauweger. Sie wusste selbst nicht genau, warum sie ihn in ihren Gedanken „Tom" und nicht „Thomas" nannte, aber irgendwie erschien ihr es passender. Sie hatten kaum mehr als die Worte gewechselt, die die Höflichkeit ihnen gebot, und dennoch – jedes Mal hatte sie ein flaues Gefühl im Magen, dreimal am Tag – sie hatte immer Hunger, wenn es auf die Essenszeit zuging, allerdings auf etwas anderes als Essen.

Doch sie machte sich nichts vor – Tom sah einfach umwerfend aus, einen Kopf größer als sie, mit seinem strahlenden Lächeln, seinem dunkelblonden, streichholzkurzen Haar und seinen tiefblauen Augen. Er konnte jede haben, und wahrscheinlich war er mit einer von diesen solariumgebräunten Blondinen zusammen, mit der er sich vermutlich kaum über Kultur oder Politik unterhalten konnte, sondern nur über Shopping und die Affären von Hollywood-Starlets. Allerdings war sie sich nicht einmal sicher, ob er überhaupt Wert darauf legte, sich über Politik und Kultur zu unterhalten. Dennoch – obwohl sie nicht schlecht aussah, mit ihrer Behinderung würde sie es wohl kaum mit diesen Konkurrentinnen aufnehmen. So blieb es bei stiller Schwärmerei und hin und wieder einem schüchtern entgegneten Lächeln.

Im Moment jedoch machte sie sich Sorgen. Sie machte sich immer Sorgen, wenn jemand unpünktlich war, nicht anrief, wenn er es versprochen hatte, wenn der Brief ihrer Eltern einmal nicht im gewohnten Zweiwochenrhythmus eintraf. Die Welt barg viele Gefahren, das wußte sie, und sie machte sich viele Gedanken, mehr Gedanken als die meisten Menschen, die sie kannte.

Vanessa war am helllichten Tage verschwunden, einfach so. Sie hatte sich mit ihren Freundinnen am Schwimmbad verabredet und war mit dem Fahrrad losgefahren, nicht mal einen Kilometer. Es gab keine Zeugen, keine Spuren, nur ihr Fahrrad hatte die Polizei später an einem Waldweg gefunden, wo es vermutlich achtlos weggeworfen worden war. Vanessa wurde nie wieder aufgefunden, und so bemüht die Polizei auch fahndete, fand sich doch nicht ein Mensch, der etwas mitbekommen hatte.

Auch wenn sie es besser verkraftet hatte als ihre Eltern, so machte sie sich doch seither immer Sorgen, wenn jemand nicht zum verabredeten Zeitpunkt am vereinbarten Ort erschien.

Das gleichmäßige Brummen des Motors des Streifenwagens ließ ihre Gedanken sanft ins Reich der Träume gleiten, und ihre Gedanken zogen ihren Körper hinter sich her. Bald schlummerte sie auf dem Rücksitz, während der Fahrer in Zivil sich seinen Weg durch die Stadt bahnte. Als der Wagen mit einem Ruck stehenblieb, öffnete Johanna langsam ihre Augen und rieb sich kurz mit den Handrücken durchs Gesicht, während sie ihren Rücken durchstreckte. Der Fahrer machte den Motor aus.

„Hier wohne ich nicht."

„Ich weiß. Aber hier sind sie besser aufgehoben, zumindest heute nacht, glauben Sie mir."

Was war das nur für eine Welt?

Das schrille Geräusch der Türklingel schreckte Johanna aus ihren Gedanken. Aber es war nicht der Schreck, der ihren Puls in Sekunden auf das anderthalbfache beschleunigte. Sie sprang förmlich aus dem Sessel, lief in den Flur und drückte mit ihrem Ellenbogen gegen den übergroßen Türöffner. Eine halbe Etage tiefer öffnete sich klickend die Haustür, und sie ging zur Wohnungstür, um die Klinke mit einer steifen Bewegung herunterzudrücken.

„Ich hoffe, Du bist nicht böse."

Sie schluckte, aber dennoch brachte sie nur ein heiseres Krächzen heraus.

„Nein, wieso?"

Thomas lächelte sie kurz an und lief zielstrebig in Richtung Küche, um das in Cellophan eingeschweißte Tablett auf den kleinen Tisch zu stellen.

„Darf ich mich kurz setzen?"

Sie glaubte, ihren Ohren nicht zu trauen, doch ehe sie nachfragen konnte, hatte Thomas einen der beiden Küchenhocker mit einem Lächeln, das sowieso keinen Widerspruch duldete, vom Tisch weggezogen und nahm Platz. Sie schob die Wohnungstür ins Schloß und folgte ihm in die Küche.

„Ich habe meine Tour verlegt. Für heute habe ich Feierabend. Darf ich Dir beim Essen Gesellschaft leisten?"

Eigentlich hatte sie – wie immer, wenn sie Thomas sah – nahezu keinen Hunger, aber aus Höflichkeit wollte sie wenigstens eine Kleinigkeit zu sich nehmen. Sie nahm das Tablett in Augenschein.

„Ich wollte Dich nämlich eigentlich fragen, ob Du noch Lust auf einen kleinen Spaziergang hast. Soviel, wie Du vor dem Computer hockst, scheinst Du ja nicht allzu viel frische Luft zu bekommen."

„Klar." Johanna versuchte, ruhig und gelassen zu antworten, als sei es das Selbstverständlichste von der Welt, aber es wollte ihr nicht recht gelingen. Sie konnte es kaum glauben – da versuchte sie monatelang, dies alles als dumme Teenager-Schwärmerei abzutun, und dann fragte er sie allen

Ernstes, ob sie zu einem romantischen Abendspaziergang aufbrechen wollten. Ihre Stimme klang zitternd, und sie versuchte, seinem Blick auszuweichen.

„Wenn Du einen Moment wartest."

Sie stand auf, ging ins Schlafzimmer und schob die Tür hinter sich zu.

„Mein Gott, das ist ja furchtbar." Obwohl die Frau sich nur flüsternd mit dem Arzt unterhielt, verstand Johanna ihre Worte. Sie erkannte auch ihre Stimme, sie gehörte der Krankenschwester, die ihr zuvor etwas zu essen gebracht hatte. Johanna hatte keinen Hunger gehabt, aber die Schwester hatte darauf bestanden, daß sie etwas zu sich nahm.

Sie hielt ihre Augen geschlossen. Es mußte eine Art Krankenhaus sein, in das man sie gebracht hatte, folglich mußte sie krank sein, wenngleich sie sich nicht im Geringsten so fühlte.

„Sie meinen, sie weiß nicht einmal etwas davon?"

„Eine der seltsamsten Formen der Amnesie, die ich je beobachtet habe, ja." Das war die tiefe Stimme des Arztes. „Aber das ist nicht alles. Kommen Sie, ich muß Ihnen unbedingt noch die Blutanalysen und die Röntgenbilder zeigen."

Blutanalysen und Röntgenbilder? Vielleicht gehörte es zum standardisierten Ritual, daß man neu angekommen Patienten Blut abnahm, aber wieso sollte man Röntgenaufnahmen ohne einen Verdacht anfertigen? War sie gestürzt? Sie horchte in ihren Körper hinein, aber sie konnte keinen ungewohnten Schmerz entdecken.

Die Tür zu ihrem Krankenzimmer wurde geschlossen, Schritte entfernten sich. Johanna war wieder allein, allein in einer Welt, die als ihre eigene anzusehen sie sich noch immer schwertat.

Mit kritischem Blick beäugte sie sich im Spiegel. Ein Wunder, daß er sie überhaupt beachtete, und jetzt bat er sie sogar um ihre Gesellschaft!

Sie ließ ihre dunkelbraunen Haare beim Frisör immer zu einem Kurzhaarschnitt schneiden, weil diese Frisur so schön pflegeleicht war. Es wirkte nicht unbedingt unattraktiv, war aber auch nicht das, was man als klassische Schönheit bezeichnen würde. Er hatte recht: Sie hatte wirklich nicht viel Farbe im Gesicht, und ihre dunklen Haare unterstrichen den blassen Teint. Und erst die Kleidung! Eilig schälte sie sich aus der weiten anthrazitfarbenen Bluse, die wie ein Kartoffelsack an ihr herunterhing, und entschied sich statt dessen für ein enganliegendes schwarzes T-Shirt. Sie trug zwar nie BHs, weil Sie Schwierigkeiten mit den Schnallen hatte, aber das enge Shirt brachte ihre Rundungen auch so gut zur Geltung. Einen Moment überlegte sie noch, ob sie vielleicht die Jeans auch noch gegen eine elegantere Hose eintauschen sollte, entschied sich dann aber dagegen. Ihr Umziehen sollte nicht aufgesetzt wirken, und aufgeregt, wie sie war, würden sie der Reißverschluß und der Hosenknopf peinlich lange aufhalten. Wenn sie sich wenigstens hätte schminken können!

180

Sie zog die Schlafzimmertür wieder auf. Tom saß immer noch in der Küche, er schien sich keinen Millimeter bewegt zu haben.

„Bereit?"

Sie nickte ihm zu, und er stand auf, ohne den Hocker an den Tisch zurückzuschieben. Johanna nahm ihren schwarzen Ledermantel vom Garderobenständer und wollte gerade mit dem rechten Arm hineinschlüpfen, als sie merkte, daß Tom hinter sie getreten war und den Mantel für sie bereithielt. Sie fühlte seinen warmen Atem in ihrem Nacken und spürte, wie sich ihr ein leichter, aber nicht unangenehmer Schauer über den Rücken lief.

„Danke." Sie schluckte noch einmal tief, und Tom hielt ihr die Tür auf.

„Gehen wir?"

„Ich weiß nicht, ob sie wach ist, aber versuchen Sie es ruhig."

Johanna war wach, und sie war sich darüber im Klaren, daß die Schwester das nicht wußte. Dennoch blieb sie ruhig, hielt die Augen geschlossen und versuchte, so gleichmäßig wie möglich zu atmen. Warum immer sie hier festgehalten wurde, die beste Möglichkeit, es herauszufinden, war mit Sicherheit, die Gespräche zu belauschen, die sie führten, wenn sie sie schlafend wähnten.

Sie hörte, wie die Tür ins Schloß fiel und Schritte sich ihrem Bett näherten. Es war nur noch eine Person außer ihr im Raum.

„Hanna?"

Nur drei Personen hatten sie in ihrem Leben Hanna nennen dürfen – ihre Eltern und ihre Schwester. Von Zeit zu Zeit kam irgend jemand auf die Idee, ihren Namen auf diese Art zu verstümmeln, und immer wies sie es zurück und bestand darauf, bei ihrem richtigen Namen genannt zu werden.

Ihre Eltern hatte sie seit Jahren nicht gesehen, und Vanessa war seit ebenso vielen Jahren verschwunden, wahrscheinlich tot.

Sie öffnete die Augen. Auch wenn sie das Gesicht seit mehr als zehn Jahren nicht gesehen hatte, wußte sie, daß sie in die Augen ihrer Schwester blickte.

„Komm mit mir, bitte. Wir haben nicht viel Zeit für Erklärungen."

Nicht in dieser Welt hielt man sie gefangen. Nicht hier.

Eine Weile liefen sie schweigend nebeneinander her. Es war ein lauer Sommerabend, und die Straßen waren in jenes orange Licht gehüllt, das Dichter so gern als Gold bezeichnen. Johanna sog den Geruch der Welt gierig in sich auf. Hin und wieder glitt Johannas Blick verstohlen zu Tom hinüber. Sie fragte sich noch immer, warum er seine Zeit mit einer Frau wie ihr verschwendete. Sie konnte es nicht genau sagen, aber sie hatte den Eindruck, daß Tom ebenfalls etwas nervös war, und diese Erkenntnis ließ ihr Herz noch eine Idee schneller schlagen. Immer wieder blickte er sich hektisch um, ging etwas zu schnell für einen romantischen Spaziergang.

Schließlich begann er zu reden.

„Johanna?"

Das Sprechen schien auch ihm sichtlich schwer zu fallen, als hätte er wie sie einen Kloß im Hals.

„Ja?"

„Ich muß Dir etwas sagen."

Ihr Herz begann nunmehr regelrecht zu rasen, und sie spürte, wie ihre Hände feucht wurden. Sie hatte viel Gefühl in ihren Händen, auch wenn sie sie nicht richtig benutzen konnte.

„Ja?"

Tom griff nach ihrer Hand. Sie hätte seinen Griff nur zu gern erwidert.

„Ich kann Dich hier herausholen. Du mußt mir nur ein wenig vertrauen. Ich weiß, daß das alles sehr seltsam für Dich klingen wird, aber vertraue mir, bitte."

„Herausholen?"

Wovon zum Teufel sprach er? Sie hätte mit allem gerechnet, von Mitleidsbekundungen, wie sie sie schon lange nicht mehr hören konnte, bis hin zu seiner Lebensgeschichte, die irgend jemandem erzählen mußte, vielleicht sogar noch eher mit einem Heiratsantrag als mit solch mystischen Andeutungen.

„Hast Du Dich nie gefragt, warum Du seit Jahren nur noch Briefkontakt zu Deinen Eltern hast?"

Ihr Kopf fuhr abrupt herum, und sie sah ihm entsetzt in die Augen. Woher konnte er das wissen? Er brachte ihr jeden

Tag das Essen, das die Firma ihr stellte, damit sie gute Arbeit leisten konnte, und selbst wenn er in ihren Briefkasten gesehen hatte, war schließlich nichts ungewöhnliches dabei, wenn alle zwei Wochen ein Brief von ihren Eltern dabei war. Sie sah ihn an und suchte in seinem Gesicht nach einer Erklärung, doch sie sah nur, wie sich dasselbe Entsetzen in seinen Augen spiegelte.

„Wann hast Du sie das letzte Mal gesehen?"

Johanna wußte es nicht. Sie wußte es einfach nicht. Sie hatte es vergessen. Sie konnte sich an die sanfte Stimme ihrer Mutter erinnern, wenn sie ihr zum Einschlafen vorsang oder an die tieftraurigen Augen ihres Vaters. An den Geruch des Essens im Haus und an geflüsterte Gespräche hinter angelehnten Türen, wie Erwachsene sie führen. Aber sie konnte ihm seine Frage einfach nicht beantworten.

„Woher...", begann sie eine Frage, aber sie kam nicht dazu, sie zuende auszusprechen. Sie konnte kaum sagen, was zuerst da war, der Knall oder das Blut, das plötzlich sein gesamtes Gesicht überströmte. Er konnte nicht einmal mehr schreien. Mit einem Geräusch, das entfernt an ein Schluchzen erinnerte, brach er zusammen. Sie versuchte, ihn zu stützen, aber sie konnte lediglich seinen Aufprall auf dem Asphalt etwas mindern. Als sein Körper auf dem Asphalt aufschlug, war er bereits tot. Schreiend vor Entsetzen lief sie in den Abend hinein, lief, ohne es zu merken, über die Schwelle hinweg, die ihre Welten getrennt hatte, lief, bis sie die Polizeistreife aufgriff und sie, noch immer schreiend, zum Revier brachte.

[textdiebe farbenlehre] variationen von

:*schwarz*

schwarz wie nacht schwarz wie tod schwarz wie nichts
schwarz wie verzweiflung
schwarz ist dicht schwarz ist dunkel
schwarz ist trostlos schwarz ist schlaf
schwarz ist düster schwarz ist versunken
schwarz ist traum
schwarz ist krank schwarz ist schwer schwarz wie vampir
schwarz wie hass schwarz wie gewalt schwarz wie angst
schwarz wie mord

Dunkle Seiten <<
>> von Janina Schmidt

Es ist kalt, mit jeder Minute wird es kälter. Schneeflocken fallen. Zuerst ein bißchen, dann ein bißchen mehr. Unerträgliche Schneestille, die Geräusche gedämpft, schüchtern, sowieso kaum Geräusche außen. Dafür innen. Der Kopf dröhnt von Geräuschen, ich will zerspringen. Wütend starre ich die Schneeflocken an, ich möchte eine Schneeflocke sein. Die frieren wenigstens nicht.

Ort des Geschehens: der Balkon vor meinem Schlafzimmer, drinnen steht warm und gemütlich mein Bett, wenn ich das Ohr an die Fensterscheibe lege, höre ich die Heizung brummen und knattern. Altbaugeräusche. Leider drinnen. Wenn ich mein Ohr an die Fensterscheibe lege, friert es fest. Die Tür ist verschlossen, ich bin draußen, drinnen warme Heizungsluft, die ich nur erahnen kann. Draußen Schnee, draußen ich. Ich bin eindeutig auf der falschen Seite des Geschehens.

Was ist passiert? Ich frage mich, grüble. Drücke zum tausendsten mal gegen die Tür. Ich bin draußen, bleibe draußen. Ein Name fällt mir ein: Fabian. Er hat mich rausgeschubst, die Tür geschlossen, abgesperrt. Ich habe Blätter in der Hand, einen Stift, wozu? Ist das ein Spiel, frage ich den Schnee. Schnee antwortet nicht, ist heute nicht zu Gesprächen aufgelegt. Ich schreie in den Schnee, die erdrückende Schneekälte und - stille. Immer stärker schneit es, immer dröhnender wird die Schneestille, meine eigenen Gedanken gedämpft. War es das, was er wollte? Wahnsinnig im Schnee?

Ich schaue die Blätter an, leere Seiten, weiß wie der Schnee. Ich schiebe sie unter meinen frierenden Hintern, was soll ich sonst mit ihnen tun? Der Stift, ein Nachdenkinstrument, ich kaue darauf herum, kaue auf meinen Gedanken. Jeder Gedanke eine Zahnkerbe im Bleistift. Ich zähle die Kerben.

Langsam stellt sich Erinnerung ein, an Fabian, an warme Heizungsluft. Die Bilder sind verschwommen, blaß. Ich drehe mich zum Fenster, zum Drinnen, erahne Wärme, erahne meinen Wollpulli. Mein T-Shirt ist längst durchnäßt. Wo ist Fabian? Sein Gesicht taucht auf, grinsend. Ich erinnere mich an sein Gesicht, dort, hinter dem Fenster, das klickende Geräusch eines Schlüssels.

Ich könnte schreien. Ich könnte das Fenster einschlagen. Nein. Das Fenster ist doppelt isoliert, gegen die Kälte draußen. Ich bin draußen. Isoliert. Wir haben gestritten, ich wollte Schluß machen, er nicht. Muß ich deshalb sterben, hier draußen? Liebst du mich, hatte er gefragt. Ich war ehrlich. Was ist schon Liebe?

Wozu die Blätter? Ich ziehe sie unter meinem Hintern

hervor, sie wärmen sowieso nicht.

Zum ersten Mal kommt mir der Gedanke daran, daß Fabian mich verarschen will. Ich lache, es ist kein fröhliches Lachen, der Schnee erstickt mich, das Lachen gefriert, zerspringt. Die Blätter in meinen Händen sind stiller Vorwurf. Du denkst nur ans Schreiben, hatte Fabian mir vorgeworfen. Sein weiches, fast feminines Gesicht hatte sich beleidigt aufgebläht, ein Speicheltropfen glitzerte auf seiner Unterlippe, die er wütend vorschob. Das ist mein Job, sagte ich zu dem Speicheltropfen. Er schrie mich an, ich dachte an Speichel und verletzten Männerstolz. Er fühlte sich vernachlässigt, nicht ernst genommen. Ich konnte den Blick nicht abwenden von diesem zitternden Tropfen Spucke an seiner Unterlippe. Ich fürchtete, er würde herunterfallen, auf seinem Hemd landen, oder, schlimmer noch, auf meinem Teppich. Du hast da was, sagte ich schließlich. Der Tropfen, der das Faß zum Überlaufen brachte. Fast hätte ich gelacht.

Jetzt lacht der Schnee, lacht Fabian, wahrscheinlich, ich kann nicht lachen. Ich nehme den Stift in die bereits blau angelaufene rechte Hand. Ich schreibe. Was soll ich sonst tun?

Der junge Mann mit den Zügen eines Mädchens nimmt den Hörer ab. Er befindet sich in der Wohnung seiner Freundin, die unglücklicherweise auf dem Balkon mit schneeflockenzählen beschäftigt ist. Mist, denkt er, als er den Hörer abnimmt. Er will so schnell wie möglich hier weg.

Hallo?...Susanne? Die ist grade nicht da...ja, ein dringender
Termin...nein, es wird wahrscheinlich spät, soll ich etwas
ausrichten?...alles klar, kein Problem, wie war noch gleich
der Name...hmhmm..gut, auf Wiedersehen. Klick!
Er reibt sich die Hände. Das wäre geschafft. Jetzt nichts
wie weg. Den Schlüssel nimmt er vorsichtshalber mit. Er
zieht seine Jacke an und verläßt die Wohnung. Draußen ist
es saukalt. In ein paar Stunden müßte es vorbei sein...
Fast tut sie ihm leid, aber so ist es besser. Ob sie wohl
ohnmächtig ist?
Gutgelaunt beschließt er, ein Café aufzusuchen. Dort, das
kleine Bistro erscheint ihm genau richtig. Er öffnet die Tür,
wobei eine Menge Schnee in die anheimelnde Wärme weht,
sucht sich einen Platz in der Ecke und bestellt einen Cappuchino. Entspannt, wie ein Mann, der eine wichtige Arbeit
endlich erledigt hat, lehnt er sich zurück und wartet auf sein
Getränk.

Gar nicht so einfach auf dem durchweichten Papier zu
schreiben. Ich wärme ein paar Minuten meine Hand auf.
Es schneit, schneit, schneit. Wird es jemals aufhören? Ich
stelle mir Sommer vor, warme Füße in Zehensandalen.
Mist, klappt nicht. Schreiben ist gut, dann merke ich nicht,
daß es immer kälter wird. Bald wird es dunkel. Fabian,
dieser...! Er ist an allem schuld!
Kälte, denke ich, ist eine Bestrafung, er bestraft mich für
meine eigene Kälte. Er kommt wieder, denke ich. Er muß
einfach zurückkommen. Er hat den Schlüssel. Verdammte

Scheiße. Meine Hand läßt sich kaum bewegen. Egal, ich schreibe weiter.

Die Kellnerin bringt lächelnd den Cappuchino. Alles an ihr ist Lächeln, lächelnde Hände, lächelnde Brüste, lächelnde Augen. Sie ist hübsch, aber nicht mehr jung. Ihre Augen sind abwesend, der junge Mann denkt: wenn du wüßtest. Und bedankt sich lächelnd. Sie entlarvt ihn nicht. Als was denn, denkt er. Als Mörder, flüstert eine Stimme in seinem Kopf.

Ist ihnen nicht gut, fragt die Kellnerin mit falscher Besorgnis.

Nein, nein, alles in Ordnung, sagt er

Und noch mal, leiser, zu sich selbst: Es ist alles in Ordnung

Mörder, flüstert die Stimme eindringlich, hämisch. Einbildung?

Er schwitzt, seine Hände zittern, als er den Zucker in die Tasse kippt, zuviel Zucker, wie immer.

Doch die Stimme schweigt. Er beruhigt sich, läßt das heiße Getränk die Kehle hinunterrinnen. Die Frau am Nebentisch lächelt ihn an. Er sieht weg. Sie ist blond. Fast so blond wie...

Schluß damit! Energisch setzt er die Tasse ab, verschüttet die braune Flüssigkeit auf dem Tisch. Die Kellnerin bringt einen Lappen, wischt damit den Tisch ab. Sie sieht aus dem Fenster.

Es schneit immer noch, sagt sie, abwesend

Ja, sagt er

Mörder, sagt die Stimme in seinem Kopf

Die Kellnerin geht. Blöde Kuh, denkt er. Er tastet mit der Hand in seiner Hosentasche, ertastet einen Schlüssel.

Du willst mich umbringen, flüstert die Stimme, feiges Schwein, Mörder...

Die Hand ist schweißnass. Laß mich in Ruhe, sagt er halblaut.

Wie bitte, fragt die Kellnerin

Hat die denn nichts zu tun, denkt er ärgerlich. Der Blick, den er ihr zuwirft, ist wütend, trifft nicht sie, sondern eine Person, die er vor dem inneren Auge sieht.

Ich habe mit mir selbst geredet, erklärt er ruppiger als beabsichtigt.

MÖRDER, MÖRDER, MÖRDER, schreit die Stimme

Halts Maul, schreit er, beide Hände an die Ohren gepreßt. Um ihn herum wird es still, neugierige Augen starren ihn an. Ein Verrückter? Man kennt das ja... Er zittert. Mörder, zischt die Stimme. Er schmeißt einen Zehner auf den Tisch, reißt die Jacke vom Stuhl und stürmt hinaus in den Schnee. Neugierige Blicke folgen ihm. Die Stimme ist leise, beinahe sanft. Er läuft, hastig mit kleinen torkelnden Schritten. Die Stimme, ein beständiges, nicht endenwollendes Wispern. Sie windet sich in seinem Kopf, eine Schlange aus Stacheldraht, ein Verfolger, vor dem er nicht fliehen kann. Angestrengt ignoriert er die Stimme, denkt an Schuhcreme, Regenschirme und Weihnachtsbäume. Irgendwo, in einer dunklen Ecke seiner hastenden Gedanken kauert eine Frau

im Schnee, deren rotgefrorene Hand sich verbissen um
einen Bleistift krampft.
Vor einem Schaufenster bleibt er stehen, etwas zwingt seine
Beine anzuhalten, zitternd starrt er in das dumpfe Schwarz
der Fensterscheibe, früher war das mal ein Buchladen.
Sieh hin, flüstert die Stimme, so sieht ein Mörder aus.
Er blickt in sein eigenes Gesicht, das ihm jetzt fremd
ist, kalkweiß ist dieses Gesicht, die Augen darin gehetzt,
angsterfüllt. Er spürt den Schlüssel in seiner rechten Hand,
kalte Schuld. Geh zurück, flüstert die Stimme. Ein mes-
serscharfes Flüstern, eine Stimme, zu der ein entstelltes
Gesicht passen würde oder ein blau angelaufenes. Sie
schwillt an, dröhnend, wird leiser, verstummt niemals ganz.
Und plötzlich weiß er genau, wem diese Stimme gehört.
Ein kalter Schauer des Zorns spült die Angst aus seinen
Adern. Es ist IHRE Stimme, die jetzt zu einem den Kopf
sprengenden Schrei angeschwollen ist.

Verdammte Kälte! Ich kann den Stift nicht mehr festhal-
ten, nicht eine Sekunde länger. Dabei läuft die Geschichte
in meinem Kopf bereits weiter. Ich lese noch mal was ich
bis jetzt geschrieben habe. Ein einziges Gekrakel. Gott, ist
das kalt. All diese Stille, all dieses Weiß um mich herum.
Stillstand. Ich möchte schlafen, wochenlang. Jede Schneeflocke scheint den Balkon noch kälter zu machen, kälter, als
er sowieso schon ist. Wie die Geschichte wohl weitergeht?
Wozu eigentlich weiterschreiben? Vielleicht wird ja was
daraus. Und wenn ich hier verrecke, auf meinem eigenen

Balkon? Vielleicht sollte ich langsam in Panik geraten?!
Nein, erst mal logisch nachdenken. Außer Fabian hat niemand einen Schlüssel. Die Nachbarn sind verreist, um Hilfe rufen ist folglich sinnlos. Meine einzige Hoffnung ist, daß Fabian zurückkommt. Es dämmert schon. Ich möchte weiterschreiben, Wörter speien, aufs Papier tropfen lassen. Wörter. Wenn ich nicht schreibe, ist das einzige Wort in meinem Kopf : Schnee. Wie lange sitze ich schon hier? Wie lange dauert es, bis man erfriert? Meine Hand zittert, mein Körper. Ist das noch mein Körper? Ich bin selber Schnee, ein Eiskristall. Ich darf nicht einschlafen. Weiterschreiben, schreiben...

IHRE Stimme, er ist ganz sicher. Die Angst schwindet. Zorn wallt auf. Erfrieren ist ein langsamer Tod. Er hat es nicht geplant. Will er, daß sie stirbt?
Je länger er sie der Kälte aussetzt, desto besser gefällt ihm der Gedanke an ihren Tod. Er hat sie in der Hand, ihr Leben. Wenn sie erfriert, ist er noch kein Mörder...

Natürlich haßt er mich. Schneeflocken, immer mehr, immer weißer.
Er muß mich hassen, denn ich habe ihn betrogen, ausgenutzt, auf ihm herumgetrampelt wie auf einem Putzlappen. Er hat recht, er übt seine Rache an mir und er hat recht. Auge um Auge, Zahn um Zahn. Ich habe ihm seinen Stolz genommen, jetzt nimmt er mir mein Leben.
Oh, es ist kalt, so kalt hier draußen. Irgendwo Kirchturm-

glocken. Warum kommt denn niemand? Man kann doch nicht mitten in der Großstadt erfrieren! Nur weil man zufällig einen Balkon hat!! Und einen ziemlich labilen Exfreund. Ich sollte weiterschreiben, mir nicht solche Gedanken machen. Die Kälte ist schlimm, aber an die Kälte denken ist schlimmer.

Fast eine Seite ist noch übrig, da kann viel passieren. Plötzlich habe ich Angst. Meine Hand nimmt den Stift und schreibt weiter. Ist das meine Hand?

Ohne daß er es merkt, schlägt er die Richtung zu ihrem Haus ein. Was tue ich hier, denkt er, als er vor der Tür steht und seine Hosentaschen nach dem Schlüssel durchsucht. Wo ist der bloß? Ach hier. Er hatte ihn schon in der Hand, schweißnass ist das glänzende Metall. Das Wohnzimmer liegt im Halbdunkel, krachend fällt die Tür ins Schloß, das Geräusch ist unwirklich, zu laut.

Was war das?? Hörte sich fast so an , als ob... ach, Blödsinn. Ich lausche. So ein Schwachsinn! Weiterschreiben, bloß nicht nachdenken.

Einen Moment lang zweifelt er daran, jemals hier gewesen zu sein, jemals auf diesem Sofa gelegen zu haben. Er schwindelt. Eine Frau auf dem Balkon? Lächerlich. Seine Gedanken entgleiten ihm. Augenblicke später (wieviele?) findet er sich auf dem bordeauxroten Teppich wieder, taumelnd steht er auf. Er nimmt sich einen Whisky aus der

Hausbar, kippt ihn runter, noch einen. Bald fällt ihm wieder ein, weshalb er hier ist. Er geht den Flur entlang, im Wandspiegel grinst ein fremdes Gesicht, ach, es ist seins. Die Küche ruht in weichem Dämmerlicht. Er nimmt ein Messer aus der Schublade, dreht es vor den Augen hin und her, legt es zurück, findet ein größeres. Mit dem Messer in der Hand steigt er die Treppe hoch, zum Schlafzimmer. Die Treppe knarrt, vorsichtshalber zieht er die Stiefel aus.

Schon wieder ein Geräusch! Was ist das bloß? Ich kann kaum noch etwas sehen, meine Augen sind verklebt vom Schnee. Gleich wird das Blatt voll sein, die Geschichte beendet. Ich lese die letzten beiden Zeilen. Habe ich das geschrieben? Keine Erinnerung. Ist es so, wenn man stirbt?
Jemand schreibt weiter. Ich?

Er öffnet die Tür zum Schlafzimmer, das Erste, was er sieht, ist ein Schatten vor der Balkontür. Etwas flammt in ihm auf, Vernunft? Schon ist es verglüht, er denkt nicht mehr weiter darüber nach. Er spürt den Griff des Messers in seiner Hand, der Holzboden knackt.

Nein. Nein, auf keinen Fall, das kann einfach nicht sein. Ich drehe mich zum Fenster hin, starre angestrengt. Nichts, nur Dunkelheit. Selbst wenn jemand da wäre, ich könnte ihn nicht sehen. Und wenn er zurückgekommen ist? Ich versuche zu rufen. Ich habe keine Stimme mehr. Ich klopfe gegen die Tür, versuche etwas zu erkennen in dem dunklen Zimmer. Ein Knacken. Oder nur der Schnee? Einbildung?

Er sieht sie dort sitzen, auf dem Balkon. Ihre Lippen sind blau, die Augenlider vom Schnee verklebt. Sie sieht ihn nicht, er merkt es daran, daß sie angestrengt an ihm vorbei-starrt.

Er meint mich! Ich will aufhören, ich will nicht mehr schreiben. Was ist das für ein Spiel?

Er könnte umkehren, sie dort sitzen lassen, er wäre dann nicht schuld. Ihr Tod wäre tragisch, aber kein Gewaltver-brechen. Er betrachtet ihr Gesicht, er erinnert sich, sie geliebt zu haben. Seine Hand umschließt fester den Griff des Messers, er holt den Schlüssel aus der Hosentasche, läßt ihn leise ins Schloß gleiten.

Ist das ein Traum? Der Schnee, die Stille, ein Traum, nichts weiter. Ich möchte schlafen, ich will diese Geräusche nicht hören, nicht mit den Ohren, nur im Kopf, hier draußen sind sie gefährlich. Es sind meine Wörter. Meine Wörter.... noch wenige Zeilen. Kalt, so kalt...

Er öffnet die Tür, das weiche Gesicht zu einer Grimasse verzogen, Schnee weht herein, über seine Füße.
Hallo, Schatz, grinst er.
Leises Wimmern, ungläubig blickt sie zu ihm hoch, die

blauen Lippen spiegeln sich in der glänzenden Schneide. Die Blätter in ihrer Hand, mit zitternder Schrift vollgekritzelt, fallen vor ihr in den Schnee, lautlos. Kein Geräusch dringt durch die dichthaltenden Flocken, nicht das Geräusch des Messers, daß durch die Haut dringt, nicht das des Bleistifts auf dem Papier...

Schnee. Blut im Schnee. Rot.

UN / tot <<
>> von Markus Boehme

Sicher ich bin tot lache ich meinem Gegenüber ins Gesicht. Als ob das nicht jeder wüsste. Nicht jeder auch wäre. Und als ob ich nicht wüsste, wie sich jeder an seine vermeintliche Existenz klammert. Oh ja, ich bin tot, und sie ist es auch, trotz ihrer gespielten Überraschung und des durchschimmernden Spotts, der leicht um ihre Mundwinkel zuckt, der sich behaupten kann gegen ihren Willen. Ein wenig enttäuscht bin ich schon. Ich hätte sie für klüger, für offener gehalten. Ich hätte gedacht, sie sei mehr so wie ich. Wie ist es denn so als Engel? Jetzt ist sie es, die lacht und der verhaltene Spott ist umgeschlagen zu offener Überheblichkeit. Was habe ich mit einem Engel gemein? Die Frage scheint mir ins Gesicht geschrieben zu stehen, denn ihr Lachen versickert in einer Entschuldigung.

Plötzlich weiß ich nicht mehr, worüber ich mich mit ihr unterhalten soll, was ich ihr sagen kann und was sie auch versteht. Mein Tod ist Verachtung werfe ich vor mich hin, in der Hoffnung, auch ihr würde die Lust an weiteren Peinlichkeiten vergehen. Mein Kopf will, dass sie geht, denn es tut weh, der Unschuld ausgesetzt zu sein. Doch ich kann sie nicht gehen lassen, ich brauche sie. Trotzdem.

So schweigen wir, vermeiden es, uns anzusehen und jeder hofft, der andere findet einen guten Grund, von vorne anzufangen. So zu tun, als wäre nichts gesagt worden. Der Illusion wegen. Es gelingt nicht. Natürlich nicht. Wie bist Du denn gestorben? Ihre Augen verraten nichts, auch nicht ihre Mundwinkel. Aber ihre Hände. Ich habe mich vielleicht getäuscht. Vielleicht versteht sie mich doch. Irgendwie. Ich kann nicht sterben und ich bin es auch noch nie. Das hörte sich niedergeschlagener an, als es sollte. Auch ich beherrsche meinen Körper nicht vollständig. Doch ich kann mich fangen. Fast. Trotzdem, die Verzweiflung, die immer irgendwo ganz dicht unter der Oberfläche meines Gemüts schwimmt, taucht auf. Es ist kein dramatischer Auftritt, keiner, der mich überwältigt. Aber ich bin gefangen. Ich will allein sein. Ihr Blick, nicht aufdringlich, aber doch bestimmt, ruht noch immer auf mir. Auch in ihm spiegelt sich etwas Verzweiflung. Ich kann sie aber nicht beachten. Jetzt nicht mehr. Ich ziehe mich zurück in meinen Geist, koste die Bitterkeit meiner Gedanken, leide und erfreue mich an diesen Leiden.

Sie geht. Ich ein wenig später auch.

Es ist ein absurdes Gefühl, diesen Wind in den Haaren zu spüren, die schwache Sonne auf dem Gesicht. Zu beobachten, wie sich um einen alles bewegt und schließlich auch einen selbst erfasst. Und mit dieser Bewegung kommt so etwas wie Leben in meinen Kopf, eine zarte Leichtigkeit, die mich den gestrigen Abend vergessen lässt. Für kurze Zeit. Gerade so lange, wie ich mich selbst vergessen kann, wie ich mich selbst nicht sehe. Wieder einmal zerrt die Versuchung an mir, ins Leben zu treten, das Fühlen aufzugeben, um Glück zu erlangen.

Die Pfützen, die sich infolge des kurzen Schauers gebildet haben, werfen das Licht weich zurück, auch auf mich und in mich hinein. Machen mich selbst ein wenig durchsichtig. Die zentnerschweren Gewitterwolken, die tief über mir hängen, lassen die Luft vibrieren und verleihen ihr Macht. Bereitwillig lasse ich mich von ihr gefangen nehmen, ein wenig tragen. Als ob ich eins mit ihr wäre. Als ob ich nicht sein muss.

Die Straßen sind fast leergefegt, es ist, als gehöre mir die Welt. Ich weiß, dass ich mit ihr nichts anfangen kann, doch das schiebe ich zur Seite. Darauf kommt es jetzt nicht an. Auf nichts kommt es gerade an. Nur auf den Augenblick. Ein kurzer Blick in mein Portemonnaie offenbart mir 50 Mark. Die letzten 50 Mark für diesen Monat. Ein perfekter Moment, sie loszuwerden. Ich kaufe ein Buch. Angenehm schlägt es jeden zweiten Schritt an die Seite meines Beins, angenehm zieht das Gewicht an meinem Handgelenk.

Zu Hause lege ich es auf den Stapel anderer Bücher, die ich ebenfalls gern lesen würde, wohl aber nie richtig lesen werde. Gelegentlich staple ich sie um, befühle jedes, blättere in ihnen, um die Seiten zu spüren. Dieses ist ein gutes Buch. Mit seinen fast 500 Seiten besitzt es genau soviel Präsenz, wie ein Buch haben sollte, ohne zur Last zu werden, ohne einen zu verschrecken mit der Seitenweise aufgehäuften Weisheit von jemandem, der beim Schreiben arbeitet. Ich prüfe den Einband, gut, er ist nicht anfällig für hässliche Knickfalten. Bücher dürfen nicht schief werden beim Lesen, man darf ihnen nicht ansehen, das man sich gelegentlich an ihnen festhält. Nicht jetzt, aber gelegentlich. Da ich nicht so recht weiß, wohin ich mit mir soll, setze ich mich auf den Sessel. Es ist vorbei. Ich kann wieder ICH sagen, der Ausflug in das, was man Leben nennt, ist beendet. Wie immer schwingt ein bisschen Wehmut mit in diesem Abschied. Süß.

Ein wenig zäh verrinnt die Zeit, wie sie es gern zu tun pflegt, wenn man sie beachtet. Irgendwo in mir drin muss so etwas wie Hoffnung geschlummert haben. Ich habe sie erst bemerkt, als ich mich zwang, mir bewusst zu machen, dass es nicht klar war, dass sie wieder anrufen würde. Ich hatte eigentlich gar nicht mehr an sie gedacht, seit diesem Abend, zumindest habe ich mir eingeredet, nicht an sie zu denken. Doch sie war da, in mir drin. Wieso können sich Menschen so einfach in jemanden einschleichen? Ich kann es mir selbst eingestehen, ich habe Angst vor diesem Treffen, mehr, als ich bei dem Letzten hatte. Ich habe von meiner Souveränität verloren. Vielleicht sollte ich ihr erzählen, wie wenig ich verstehe. Was die Menschen so machen und wie zufrieden sie sein können. Wie ich zwischen Neid und Verachtung hin und her gerissen bin. Je nachdem, wie sicher ich mir meiner selbst bin.

Ein Engel, vielleicht bin ich das. Keiner mit blonden Locken und einem Nachthemd, das nicht. Aber wer weiß schon, wie Engel aussehen? Das ist doch nicht das Wesentliche an ihnen. Wenn ich ein Engel bin, was mache ich dann hier? Engel sind nicht an die Erde gebunden, wie ich es bin. Kein Wunder, das ich mich so fremd auf ihr fühle. Und so unsicher. Wenn der Mensch verstehen könnte, was ein Engel meint, dann wäre er selbst einer. Und wenn ein Engel unter die Menschen träte, sie würden ihn verstoßen. Weil er ihnen nur ihre Illusionen rauben könnte, die Illusion ihrer Wichtigkeit. Kann ich das? Ich bin mir nicht sicher. Mir habe ich sie geraubt. Wenn ich ein Engel sein sollte, dann hat sich die Kirche gründlich geirrt. Klar und rein kann ich mich nur fühlen, wenn ich kein Engel bin, so wie vorhin. Sind sie von einem hellen Gleißen umgeben? Ich mag kein Licht. Kein zu grelles. Keines von der Sonne, welches direkt auf meine Augen trifft. Es dringt mir immer direkt in den Schädel, als wolle es ihm von innen auseinanderreißen. Vielleicht bin ich ein gefallener Engel. Auf die Erde gefallen. Ziemlich tief.

Der zweite Pott Kaffee. Ich nehme nur einen kleinen Schluck, da er noch heiß ist. Bitter liegt er mir auf der Zunge. Ich kann das Gift in ihm rausschmecken, trotz der fast tauben Zunge. Ich habe sie mir am ersten verbrüht. Doch der Kaffee ist in meinem Körper. Im Bauch spüre ich ihn ganz deutlich, er krempelt ihn gerade um. Das ist gut so, denn so vertreibt er das flaue Gefühl, das sich seit Mittag unweigerlich in ihm hält. Essen habe ich noch nicht gekonnt, schon der Gedanke daran provoziert ein Ekelgefühl im Kopf. Schnell den nächsten Schluck in den Mund und von dort in den Magen. Von den Seiten schieben sich graue Schatten in mein Sichtfeld und obwohl ich starr nach vorne sehe, verschwimmt die Welt vor mir. Als drehe sie sich ohne mich. Ich sollte sie schließen, um nur noch das schnelle, aber regelmäßige Pochen meines Herzens zu spüren. Doch auch es rast einmal vor Erwartung und setzt kurz aus vor Zweifel. Ich sollte nicht so viel Kaffee trinken, ich weiß.

Ich habe überlegt, ob ich anrufen sollte. Irgendetwas vorschieben, um mich heute Abend in mir selbst vergraben zu können. Wenn ich sagen würde, dass mir schlecht ist, würde ich nicht einmal lügen. Ich weiß, dass ich es nicht tun werde, doch der Gedanke, dass ich könnte, mich aber dagegen entscheide, gibt mir ein wenig meine Sicherheit zurück. Jetzt will ich sie heute Abend sehen, und muss es nicht nur. Heute Abend.

Die Wolken sind aufgezogen, und der Tag zeigt sich in seiner gesamten, schmerzenden Helligkeit. Und mit ihr schwärmen auch die Menschenmassen wieder durch die leicht dampfende Straße. Jedem ist so etwas wie ein Lächeln oder Grinsen ins Gesicht geschrieben und nur die starren

Augen verraten, das es aus Routine ist. Nicht einmal, wenn sie angerempelt werden, hören sie auf zu lächeln, es wird sogar noch breiter, als wollten sie damit sagen, dass sie sich heute nicht ärgern lassen. Warum, weiß keiner. Ein Haufen Verwirrter und ich mittendrin. Überraschender Weise leiht mir der Geldautomat etwas von dem buntbedruckten Papier, das ich heute Abend benötigen werde. 50 Mark. Mehr abzuheben versuche ich gar nicht erst. Damit sieht es so aus, als hätte ich nie Geld ausgegeben. Das Buch ist jetzt so was wie ein Gewinn. Ein sehr gutes Buch. Jetzt ist es auch von dem Schatten des Erkauften befreit. Ich werde gleich, wenn ich wieder in meinem Heim bin, einen Blick hineinwerfen.

Ihr warmer Atem in meinem Mund schmeckt noch ein wenig nach dem Bier, das vor ihr steht. Doch vielmehr schmeckt er nach etwas leicht süßem, mit ein wenig Salz. Und er flimmert leicht, wie auch ihr Hals, den ich in meinen Händen halte. Ein Pulsieren, das ich auf meiner Haut niemals spüren kann. Ich versuche, den Augenblick zu genießen, zu ignorieren, dass ich nicht wirklich gefunden habe, wonach ich suchte. Etwas Ähnliches, vielleicht, aber nicht das, was ich suchte. Ich sauge ihn in mich auf, versuche, ihn zu meinem zu machen. Mich von ihrer Aufgeregtheit anstecken zu lassen. Ihr etwas von ihrem Leben zu stibitzen.

Vielleicht bin ich ein Engel, einer mit ein wenig spitzen Zähnen.

>> nachher

Hat Ihnen unser Buch gefallen? Dann sollten Sie auf jeden Fall auch unsere erste Anthologie kosten. In ihr findet sich die erste Auswahl junger Autoren und Autorinnen aus dem Textdiebe AutorenPool. Und einige der Autoren kennen Sie ja bereits.

Haben wir Ihren Geschmack etwa nicht getroffen? Dann finden Sie vielleicht auf *www.textdiebe.de* andere Texte aus unserem reichhaltigen Fundus, die Ihnen eher liegen.
Auf der Website können Sie in den Texten unserer Autoren stöbern, Lebensläufe studieren, Texte diskutieren und weiterempfehlen. Oder sind Sie gar selbst Autor oder wollen es werden...?

www.textdiebe.de ist eine Website von Autoren für Autoren, die *natürlich* angetreten ist, die Welt zu verändern.